レジェンドノベルス
LEGEND NOVELS

白の魔王と黒の英雄 2

contents

レジェンドノベルス
LEGEND NOVELS

白の魔王と黒の英雄

2

第一章　祟《たた》りと白竜

――北方《ほっぽう》辺境伯領、伯都にて

机の上に従兵が淹《い》れたてのバゴ茶を置いた。主計長が手を伸ばしかけたところで、近くにいた主計官にカップを横取りされてしまった。主計長は部下のこの無作法に何も言わなかった。何しろ、そいつは生真面目で通っているオークだった。よほど疲れがたまっているのだろう。そう考えた主計長は彼がカップに口をつけるのを黙って見守った。

その主計官は茶を口に含んだ瞬間に顔中をぐしゃりと歪《ゆが》ませた。当然そうなるであろう。それは主計長が自分用に特別に濃く淹れさせたものだったからだ。主計長が思わずブフフと鼻を鳴らすと件《くだん》の主計官が睨《にら》みつけてきた。だがそれは逆恨みというものだった。人のものを横取りしたのは彼のほうなのだ。それでも十分に眠気は覚めたようで、彼は顔をしかめながら仕事へと戻っていった。

主計長は従兵にもう一杯同じものを持ってくるよう命じると、再び目の前の書類に目を落とした。のんびりと休んでいる暇はなかった。彼の率いる兵站《へいたん》事務所は今、多忙を極めていた。

北方辺境伯軍において主計長という地位は存外高い。軍主力が遠征に出た場合、主計長には『辺境伯軍副司令官』の地位が与えられ、領内に残る唯一の軍高官として、治安維持を含めた後方の軍務一切を取り仕切る立場となるためだ。もし遠征軍とその総司令官に万が一のことがあれば、主計長とそのスタッフが詰めるこの兵站事務所は予備の総司令部へと早変わりし、壊滅した主力に代わって軍の再建と辺境伯領の防衛を担うことになる。

幸いにも、現主計長であるこのオークがそのような余計な業務を担う栄誉に浴したことはこれまで一度もなかった。もし今そんなことになれば、おそらく彼は過労で死んでしまっていただろう。

何しろ例年どおりの動員——常備連隊に加え、開拓民兵の三分の一程度——をかけるだけでも大忙しなのだ。それが今年は総動員である。開拓民兵を根こそぎ召集して北へ送り込んだのだから、大変な騒ぎだ。

それに加えて、今年は難民の数が異常に多い。人間どもが竜を使って空から開拓地をことごとく焼いて回ってくれた。そうして焼き出された開拓民が、寝床と食料、そして安全を求めて伯都へと殺到してきたのだった。食料の価格はあっという間に高騰し、治安は瞬く間に地に堕《お》ちた。食糧難に対応すべく彼は軍の食糧庫を開放する羽目になり、忌々しい人間どもを追い詰めつつあった遠征軍は撤退せざるを得なくなった。そして彼の業務に炊き出しによる食糧配給の管理が追加された。

それだけならまだ耐えられた。給料にはまったく見合わぬ仕事であったが、このオークは怠け者を自称しつつも自分の義務をきちんと心得ていた。なにより、遠征軍はもうじき帰還する。そうなれば、大軍を維持するための兵站仕事はお終《しま》いだ。

先ほどの生真面目な主計官が書類の確認を求めてきた。その表紙に『凱旋《がいせん》式』の文字を認めて主計長は顔をしかめた。

『何か問題がありましたか？』

生真面目なオークが訝《いぶか》しげな顔をした。

『何でもない。嫌なことを思いだしただけだ』

目下のところ、一番の問題はこれだった。例年であれば、開拓民兵は現地で解散し、後は村落ごとに動員手当をまとめて支払えばよかった。だが、今年は違う。なんと、今年は凱旋式をするのだという。遠征軍全軍をこの伯都に集め、大通りを行進させるのだ。

正気の沙汰ではなかった。その間、兵を食わせ続けるだけでも余計な物資を消費する。そのうえ、この伯都の周辺に、五万を超える兵士たちの寝床を用意してやらねばならないのだ。既存の設備では到底収容しきれない。野営地を用意しようにも、このあたりに空き地などあるはずがない。農地を潰して土地をあける必要がある。この食糧難の時期に、だ。農民への補償金もそれなりに嵩《かさ》むはずだ。すでに場所には目星をつけてあるが、交渉は難航している。最悪、憲兵も使わねばならないかもしれない。

凱旋式を乗り越えたとて、次の困難が待ち構えている。開拓民兵の多くが帰るべき村を失っていた。彼らへの手当の支給は「後日村ごとにまとめて」、とはいかない。動員を解除すると同時に現金を手渡しできなければ、まず間違いなく面倒なことになる。

それだけではない。無事に手当を受け取ったところで、彼らには行くあてはないのだ。多くがそのまま伯都の難民に加わることになるだろう。命がけで戦った手当で何日分のパンが買えるかを知ったら、彼らはいったいどんな顔をするだろうか？　笑顔ではないことは確かだ。

主計長の胃がキリキリと痛んだ。彼は先日書き上げた退役願のことを思った。後はしかるべき相手に提出するばかりとなったそれは、しかしいまだに彼の机の奥にしまわれたままになっていた。辺境伯の体調は近頃ますます悪化し、一日中眠ったまま過ごす日も多くなっているという。

もはや、あのドラ息子の尻を蹴り飛ばせる者はいないということだ。今後のことを考えると、主計長の気はより一層重くなっていった。

＊

国王陛下からケレルガースの紛争を調停してくるように命じられた翌日、俺は竜飼いをヴェラルゴンの背に乗せ〈カダーンの丘〉に向かった。〈カダーンの丘〉は、聖地とされている丘を中心に、村二つと聖堂一つを抱える小さな土地だ。王都からは竜の翼で半日ほどかかる。

ここは異世界からやってきた勇者である俺に、陛下から貸し与えられた領地だった。面倒なことに、この領地には王国元帥という面倒な肩書がセットでついていた。まだ未成年である陛下に代わって王国の軍権を預かる役職ということだったが、この世界にやってきたばかりでろくな人脈もない俺にとっては、形ばかりの肩書にすぎなかった。

本来の目的地であるケレルガースはこの〈カダーンの丘〉の南隣にある。今日のところは〈カダーンの丘〉の領主館で一泊し、明日の朝早くにケレルガースに向かう予定だった。

領主館の竜舎前に降り立った俺は、竜の背から降りた竜飼いに手綱を差し出した。彼はそれをおそるおそる受け取って、ヴェラルゴンを竜舎へ曳《ひ》いていった。何しろ今日のヴェラルゴンはひどく機嫌が悪い。まだ体調が完全に戻っていないところを無理やり連れ出したためだ。そのうえ二人乗り。誰だって機嫌が悪くなる。

本来ならもう何日か休ませたかったのだが、国王陛下直々のご指図とあってはしかたがない。曰《いわ》く「あの白竜の威容を目の当たりにすれば、誰もそなたに異は唱えまい」とのことだ。なるほど一理ある。この不機嫌な竜を見れば、誰だって騒ぎ立ててその注意を引こうとは思わなくなるだろう。

すぐにトーソンが館の中から出迎えに現れた。例によって前日のうちに先触れを出してあるので、慌てた様子はない。幾人かの従者を従えた女性がその後について館から出てきた。誰かと思えば英雄志願のお騒がせ娘、メグリエール嬢だった。今日は赤を基調にした騎乗服に身を包んでいる。そのデザインは、女性向けのそれではなく、男性が身に着ける騎士風のものだった。おとなしそうな童顔と、深紅の男装というギャップが妙な色気を醸し出している。

トーソンに、何でコイツがいるんだ、と視線で問いかけたが、彼も困惑した様子で首を振るだけだ。どこで情報が洩《も》れているのかは知らないが、調べておいたほうがいいのだろうか？

「お久しぶりです、勇者様」

メグは片膝をついて騎士風の礼をとった。トーソンも半歩下がった位置でそれに続く。正式に盟主代行の地位に就いたメグは、王家の代官であるトーソンよりも序列が上になるらしい。

「ずいぶんと楽しそうなことをしてたみたいですね。私を呼んでくれないなんてひどいじゃないですか」

メグは挨拶を済ませるなり、口をとがらせて訳の分からないことを言い出した。

「何の話ですか？」

俺が問い返すと、彼女は眉を寄せた。そして、俺に向かって窘《たしな》めるように言う。

「その口調じゃダメです。忠誠を受け取った臣下に対する口調じゃありませんよ」

彼女のその口調は主君に対するものとして適切なのだろうか？　しかし、反論するのも面倒なので言いなおす。

「何の話だ」

「聞きましたよ！　竜騎士団を率いてオーク軍を退却に追い込んだそうじゃないですか。戦争するときは必ず呼んでくれるっていう約束でしたよね？」

そんな約束ではなかったはずだ。が、メグの自信満々な様子を見ているとだんだん自信がなくなってくる。

コイツのことだ。俺にそのつもりはなくても、いつの間にかそんな契約を押し付けられていた可能性がある。トーソンあたりに確認しておいたほうがいいかもしれない。

「……お前は領内をまとめるのに忙しくてそれどころじゃなかったろ。どのみち、谷が塞がれている間はモールスハルツ勢の出番はなかったよ。今後も、当分の間は出番はないと思うけどな」

「えぇ～そんな～」

メグは不満そうにそう言った後、何事か考え込み始めた。きっとろくでもないことを考えているに違いない。

「なんなら、竜騎士になってみないか？　竜を乗りこなせるようになったら、すぐにでも活動させてやるぞ」

それを聞いたメグは、お！　っといった感じで顔を上げた。

俺だって何も親切心でこんな提案をしたわけじゃない。メグを欲求不満のまま野放しにしておくより、竜騎士として手元に置いておいたほうが安全に思えたのだ。モールスハルツ勢だって、あの常識が通用しそうな叔父上に預かってもらったほうがよほど安心できる。それに、彼女はあのヴェラルゴンに気やすく触れられるほどの素質の持ち主だ。きっと役に立つだろう。

メグは「うーん」と少しだけ考えて言った。

「史上初の女竜騎士っていうのは確かに魅力ですねぇ……」

「そうだろうとも。君はきっと立派な竜騎士になれるぞ！　リーゲル殿は反対するかもしれないが、俺が頼めばなんとかなるさ」

まだ迷っている様子のメグに俺は力強く答えた。

「でも……」

「何か不満でも？」

「私がなりたいのとはちょっと違うんですよね」

どうやら、メグリエール嬢はただ名声が欲しいというわけではないらしい。

「ふむ。メグはいったい何になりたいんだ？」

「それはやっぱり、お父様みたいに一軍を率いて戦ってみたいですね。竜騎士にも憧れますけど、やっぱり個人の武勇には限度がありますし」

個人の限界というやつは、確かに俺自身も身に染みている。俺が使える力の範囲は送り込まれた世界によって上下するが、もっと大きな魔力が使えた世界ですら一人でできることには限度があった。ここに来てからはなおのことだ。この世界は魔力が薄い。

そんなことを考えている間にも、メグは目をキラキラと輝かせながら語り続ける。

「軍を率いるとなれば、使える力の大きさも、戦う手段も、自由だって格段に増えますからね！　人類の命運をかけた決戦場で、精鋭中の精鋭を率いて、武勇と知略の限りを尽くして戦うって、すごくアツいと思いませんか！」

乙女チックな表情で語るその内容は、乙女とは程遠い。確かにアツいとは思うが、女の子が憧れる対象としてはどうなのだろう？　もちろん俺はジェンダー論に厳しい世界から来訪した紳士であるから、そんなことを口に出したりしない。

代わって口にしたのは、現状に対する質問だ。

「ところで、どうしてこんな所にいるんだ？　小領主たちのとりまとめはちゃんと進んでいるのか？」

「もちろんです！」

彼女はよくぞ聞いてくれましたと言わんばかりに顔を輝かせた。

「すべての小領主たちに、弟はもちろん私に対しても忠誠を誓わせました。モールスハルツは、いつでも勇者様の召集に応えることができます。それから……」

メグは振り向いて、背後に控えていた従者を呼び寄せた。よく見ると従者たちは皆、男装した女性だった。それもなかなかの美人さんたちだ。メグの奴《やつ》、事実上の当主の座に就くなり好き放題やっているらしい。

男装の侍女は、豪華な布に包まれた何かを捧《ささ》げ持って前に出ると、それをメグに渡した。メグがその包みを解くと、以前に預けた俺の紋章入りの剣と剣帯が現れた。

「おかげさまで、特に大きな問題もなく小領主たちに忠誠を誓わせることができました。お預かりしていた剣をお返しいたします」

彼女は剣を恭しく俺に差し出した。それは騎士の作法にのっとった完璧な所作だった。

「明日はケレルガースの平定に向かわれるとのこと。騎士として剣がなくてはご不便かと思いまして、急ぎ駆けつけてまいりました」

そう言って、メグは顔を上げてニッと笑った。戦うだけなら〈光の槍《やり》〉で事足りるし、剣よりずっと使い勝手がいい。だが、元帥として公の場に出るなら腰に剣を下げなきゃ話にならない。剣は力の象徴だからだ。一応、予備の剣を持ってきてはいたが、紋章をはじめとした装飾なしでは箔《はく》が足りず、どうしたものかと思っていたところだったのだ。なかなかありがたい気遣いだった。

だが、それよりも問題なのは、どうしてそれを彼女が知っているのか、だ。陛下が俺にケレルガース行きを命じたのは昨日のことだ。竜ですら半日かかるのに、いったいどうやったら俺がここに来るより早くその知らせを受け取れるんだ？

俺の訝しげな視線に気づいたのか、彼女はニッコリと笑って、

「私、こう見えても友達が多いんですよ」

とだけ言った。たぶん、聞いてもこれ以上は答えまい。まぁ、伝達手段そのものはいろいろあるんだろう。伝書バトとかそういうのが。

俺はため息をつきながら、剣を受け取り、傷がないか検める。彼女がこれを乱暴に扱うとは思えなかったが、何しろ大事な式典で身に着けるものだ。確認はしておかなければならない。うん、外装に問題はなし。さて、刀身はどうかな？

「刃を欠けさせたりしてないだろうな？」

剣を抜きながら冗談交じりにそう声をかけると、メグが答えた。

「大丈夫です。ちゃんと研ぎなおしておきましたから」

何が大丈夫なのだろうか。どうして研ぎなおす必要があったんだ。この剣を渡したときにはまだ新品だったはずだ。いろいろ聞きたいことはあったが、聞いてみる気にもなれず、俺は抜きかけた剣を鞘《さや》に戻してもう一度ため息をついた。何を斬ったかは知らないが、それは俺の名の下に振るわれたに違いないのだ。

メグとの会話を切り上げると、今度はトーソンが申し訳なさそうな様子で口を開いた。

「勇者様、ご報告したいことが……」

「はい、何でしょう？」

「前回、お命じになられた先々代元帥閣下の調度品の撤去が完了いたしました」

いいニュースだった。先々代の元帥がここの領主館に残していった大量の薄気味悪いオークグッズが無事に館から撤去されたらしい。これで落ち着いてこの館に滞在できるというわけだ。だけどどうしてトーソンは申し訳なさそうな顔をしているのだろう？

「何か問題でも起きたんですか？」

「はい……オーマス閣下の相続人にそれらの品を引き取るように要請したのですが、拒否されました」

当然だろうな。どう考えても負の遺産だ。

「先方は好きに処分してよいと仰せでしたので、家具商人に引き取らせようとしたのですが……」

聞けば、トーソンは伝手《つて》のある家具商人を、事前に詳細を告げることなく呼び寄せたという。そうして館から運び出した家具を見せられた件の商人は泡を吹いて気絶し、目を覚ますと同時に逃げ去ってしまったそうだ。

「元来気の弱い男でしたので、少し刺激が強すぎたようです。事前に警告しておくべきでしたが、その場合そもそも商談すら拒否される恐れがあったので……はい、裏目に出てしまいました。申し訳ありません」

それを横で聞いていたメグが、あきれた様子で口を挟んだ。

「元帥閣下のお屋敷《やしき》から家具や調度品が放出されると聞いて喜び勇んでやってきたのに、出てきたのがあの気味の悪いオークグッズじゃ当然の反応ですね。商人がかわいそうです」

珍しくメグがまともなことを言っている。雨でも降らなきゃいいが。

「返す言葉もございません」

これについてはだまし討ちをしたトーソンに非がある。というか、騙《だま》して呼び出したところで、引き取り拒否になるのは変わらない気がするのだが。

「それで、先々代の遺品は今どこに？」

「敷地《しきち》の外れに積み上げてあります」

トーソンの視線の先には、確かにガラクタが山と積まれている。それを見たメグがあからさまに嫌そうな顔をした。

「何で焼いてないんですか。あれじゃ化けて出ますよ」

聞けば、オークの死体というのはきちんと焼いたうえで処分するのがこの世界のしきたりなのだそうな。そうしないと、悪霊となって周囲に害をなすと信じられているらしい。

「それが、二度ほど焼こうと試みたのですが、そのたびに雨に降られまして。この時期、急な雨は珍しいものではないのですが、オークの祟りだと皆すっかり震え上がってしまい……」

なるほど。偶然だろうが、迷信深い人々にしてみれば呪いや祟りに見えてもしかたあるまい。だが、もうずいぶん長いこと「家具」として焼かれもせずに放置されていたんだから、今さら悪霊もくそもない気がする。

「前回の雨がまだ完全に乾いていません。明日あたりにでも、乾燥具合を確認したうえでもう一度火をかける予定です」

俺は近寄ってガラクタ山を見上げた。薪と一緒に積み上げられた不気味な家具の間から、チラチラと例の剝製の首たちがこちらの様子を窺《うかが》っている。ちょうどその時、何の拍子か剝製の首が一つ、俺の足元に転がってきた。野ざらしになって急激に劣化が進んだらしいそれは、唇がベロンとめくれあがって、まるで牙をむき出しにして笑っているように見えた。

「次で火がつけばいいですけど、また雨に降られでもしたらちょっと騒ぎになりそうですね」

背後でメグがトーソンを無邪気に脅かしているのが聞こえる。メグの言うとおりだった。万が一、三度続けて燃やすのに失敗するようなことになれば、いよいよ祟りは本物になってしまうだろう。そのうえこの時期は突然の雨が珍しくないという。

「勇者様」

　メグが俺の隣に来た。

「これ、ヴェラルゴンで焼いちゃいましょうよ」

「なんだ？」

　またメグが物騒なことを言い出した。

「そこまでしなくてもいいだろう。竜に食わせる鍛冶屋草だってそんなに安くないんだぞ」

　今日のヴェラルゴンの火炎袋は空っぽだ。焼き討ち作戦で大量に消費したため、〈大竜舎〉の鍛冶屋草がほぼ底をついているせいだ。市場に出回る鍛冶屋草には限りがあり、竜騎士団の兵站係は王都の鍛冶屋と奪い合うようにしてそれらを買いあさっているらしい。おかげで、鍛冶屋草の価格は普段に増して高騰中だ。

「でも今年は〈カダーンの丘〉も収穫はいまいちだったんですよね？」

「確かにそうだが、何の関係があるんだ？」

「これで領内で冬の間に病人や死人が出れば、絶対にオークの祟りと結び付けられます。そうなれば、その不満は祟りを放置した領主に向けられますよ」

　なんという理不尽。

「領地の食料不足は元からだ。俺のせいじゃないだろ」

「領民っていうのはあんまり理屈とかは気にしませんからね。彼らがそう思えばそうなんです」

思わずため息が出たところに、先ほどのニタニタ笑う剝製が目に入った。その表情がまるで「燃やせるもんなら燃やしてみろよ」とこちらを挑発しているように見えて、俺は妙に腹が立ってきた。

「トーソンさん。ここの竜舎に鍛冶屋草の備蓄はありますか？」

「は、はい。一吹きか二吹き分であれば」

「じゃあ、竜飼いにそれを食わせるよう伝えてください。それから、村長たちのところにも使いを走らせてください」

トーソンが目を瞬かせた。

「分かりました。しかし、村には何をお伝えすればいいのですか？」

「あのガラクタ山を焼き払うから、見に来るようにと」

つまらぬ噂《うわさ》が立たないように、きっちり領民たちの目の前であれを焼き尽くしてやるのだ。それに竜に鍛冶屋草を食わせても即座に火を吐けるようにはならない。少し間を開けて、火炎袋の中で鍛冶屋草を消化させる必要がある。村長たちがここに着くころには、ちょうどいい具合に火を吐く準備が整うはずだ。

トーソンは一瞬だけ何か言いたそうにしたが、結局俺の指示どおりに使いを出した。

この世界でも冬の日差しは短い。準備が整うのを待つ間に日は大きく傾き、あたりは薄暗くなっていた。おまけに空模様まですっかり怪しくなり、頭上はどんよりと分厚い雲に覆われ暗さに拍車がかかっている。ガラクタが燃えるのを見に領主館に集まった領民たちが、そんな空を不安げに見上げていた。村の主だった連中だけ呼んだつもりだったのに、どういうわけか〈西の村〉も〈東の村〉も、村人総出でこの館に押しかけてきていた。たぶん、あのリックとかいう足の速いうっかり者の従者の仕業だろう。トーソンはいい加減あの男を使いに立てるのをやめるべきじゃなかろうか。情報の伝達には、速さ以上に重視されるべき項目があるはずだ。

おかげでさほど広くない領主館の庭は人で埋まり、簡素な木柵の外側まではみ出している。こんな過密状態で火を噴かせて大丈夫なんだろうか？　不安になったが今さらどうしようもない。トーソンにできるだけガラクタ山の周りから人を遠ざけるよう伝えると、彼は館の使用人たちに命じて山の周囲から人々を押しのけさせた。使用人たちに押された村人がそれに反発し、もみあいが起こり始める。そこかしこで怒声が上がり、場が一気に険悪なムードに包まれる。

ゴミを焼こうと思っただけなのにどうしてこうなった。どうしてこうなったかといえば、メグが脅すようなことを言ったせいだ。そのメグはといえば、この騒ぎをニコニコしながら見物している。何がそんなに楽しいいんだ。

場の熱気が徐々に膨れ上がり、もはや暴動一歩手前になったその時だった。不機嫌な咆哮《ほうこう》が響き渡り全員の動きが止まった。ようやく主役の登場だ。

人々が凍り付く中を、ヴェラルゴンがゆっくりと竜舎から引き出されてきた。不機嫌はもともとだったが、今はそれに輪をかけて虫の居所が悪く見える。無理もない。体調が悪い中無理やり鍛冶屋草を食わされ、嫌々竜舎から引っ張り出されてきてみれば、ご丁寧にも素質のない人間どもがかくもぎっしりとひしめいているのだ。文句の一つも言いたくなるだろう。俺だって言いたい。

もう一度、ヴェラルゴンが天に向かって吼《ほ》えた。あちこちで悲鳴が上がり、竜飼いまで腰を抜かした。俺は慌てて駆け寄り、竜飼いから手綱を受け取った。ヴェラルゴンは俺を憎々しげに睨みつけたが、ひとまず従ってはくれるらしい。俺が手綱を引いて前に出ると、人垣がざっと割れてガラクタ山への道が開けた。

ガラクタ山を目にした瞬間、ヴェラルゴンの中で怒りが膨れ上がったのを感じた。これはまずい。俺はとっさにヴェラルゴンの脚に触れて接続を試みる。脚に触れただけでは不完全にしか繋《つな》がることができなかったが、それでも心の内に激しく渦巻くオークへの憎しみを感じ取ることができた。部分的にこいつと同期した俺の精神がそれに引きずられるように荒れ狂うのをどうにか抑えつつ、ガラクタ山の前まで竜を曳いていく。

「ガラクタの後ろをあけろ！」

俺の叫びを聞いて、ガラクタの向こう側にいた領民たちが蜘蛛《くも》の子を散らすように逃げていく。竜が焦《じ》れている。もう抑えきれん。

「やれ！」

ヴェラルゴンは首を擡《もた》げて腹一杯に空気を吸い込み、それを振り下ろすように前に突き出した。目一杯開かれた口から炎が噴き出し、ガラクタ山を押し包んだ。それは一瞬で巨大な火柱へと変わり、天に向けて吹き上がった。誰も口を開くことなく、呆然《ぼうぜん》とその炎を見守り続けた。先ほどまでの喧騒《けんそう》とは打って変わって静まり返ったその場に、ただガラクタがはぜる音と、炎が上げる唸《うな》りだけが響き続ける。

炎には原始的な魅力がある。火の粉が妖精のように舞いながら空へ昇り、低く垂れこめた雲を明るく焦がした。

しばらくして、不意に顔にぽつりと水滴が当たった。空を見上げる。ポツリポツリと、さらに数滴の水が頬に触れる。炎に当てられて火照った顔に、その冷たさが心地よく感じられた。

そうしている間に、水滴は少しずつ勢いを増していき、やがて雨になった。じっと炎を見つめていた人々がその冷たさに少しずつ正気を取り戻していき、空を見て不安げな声を上げた。だが竜炎による火柱は少々の雨で揺らぐことはなく、力強く燃え続けた。

雨はすぐにやんだ。依然として燃え上がるガラクタ山の前でヴェラルゴンが翼を大きく広げ、まるで勝利を宣言するかのように吼えた。村人たちもそれに応えるように吼えた。もはや誰もヴェラルゴンの咆哮を怖《おそ》れてはいなかった。

誰かが叫んだ。

「神龍様じゃ！　勇者様と神龍様がオークどもの呪いを払ってくだされた！」

場が、先ほどまでとは違う熱気に包まれていく。何人かが炎の周りで踊りだした。踊り手たちの影が炎に合わせて怪しく揺らぐ。それを見た男衆が肩を組み、揃《そろ》って足を踏み鳴らしてリズムを刻む。踊り手たちがそのゆったりとした、しかし力強いリズムに合わせて回り、跳ねる。女房たちが甲高く震える声で、耳慣れない奇妙な旋律を歌い始める。歌詞は聞き取れなかった。あるいは意味のある言葉ではないのかもしれない。

トーソンが俺の耳元で囁《ささや》いた。

「これは古い神々を祭る踊りです。今は禁じられています」

俺は何も言わずに、ただうなずいて見せた。老人たちが白竜の前にひざまずき、拝み始めた。領主の館は唐突に祭りの場と化した。

ヴェラルゴンはひとしきり騒いだことで幾分か気が晴れたらしかった。領民どもの騒ぎに背を向け、竜舎に向けてノソノソと歩きだした。我に返ったらしい竜飼いが慌ててその手綱を取ったが、ヴェラルゴンは特に反発することもなく彼に従った。それを見送りながら、俺はトーソンに耳打ちした。

「トーソンさん、彼らに酒を出してやってください」

トーソンは何も言わずにその場を下がると、使用人たちに指示を出し始めた。ゴロゴロと運び込まれた酒樽《さかだる》に、村人が歓声を上げる。後はもうどんちゃん騒ぎだ。時々若い男女が手を取り合って物陰へと消えていくのはご愛敬《あいきょう》。

騒ぎはガラクタ山が燃え尽きるまで続いた。領主館の倉庫から放出された酒樽は次々と飲み干され、空になった樽は炎の中に放り込まれて新たな燃料になった。酒がなくなり、炎の勢いが失われるとともに、人々からも少しずつ祭りの熱気が引いていく。領民たちは穏やかに明滅する熾火《おきび》を名残惜しそうに振り返りながら引き上げていった。

祭りは終わり、後には灰だけが残った。

＊

一夜明けた館の敷地の隅で、すっかり燃え尽きたガラクタ山の残骸が朝日にさらされていた。昨夜の神秘的な炎の余韻はもはやない。ただ、真っ白な灰と、真っ黒な燃えカスがわずかに残っているだけだ。館の使用人たちの動きも、普段に比べると緩慢だった。祭りの後には、独特の侘《わび》しさがある。

ケレルガースへ向かうためヴェラルゴンに乗り込もうとしていると、メグが見送りに出てきた。

「私もお供しましょうか？　きっとお役に立ちますよ」

彼女はそう言って、自分も連れていくように要求してきた。彼女を背中に乗せて飛ぶというのは、なかなか魅力的な提案だった。以前一緒に乗ったときの背中の二つの感触は今もしっかり覚えている。だが、今回は竜飼いを乗せていかなければいけない。ケレルガース城には常駐の竜飼いがいないのだ。三人乗りもできなくはないが、病み上がりのヴェラルゴンに無理をさせるわけにはいかない。

「いや、必要ない。ケレルガースの連中がきちんと和睦を結ぶのを見届けてくるだけでいいって話だからな」

なにより、メグを連れていけば何をされるか分かったもんじゃない。昨日だって、きっかけはコイツの一言からあんなお祭り騒ぎに発展したのだ。意図的ではないだろうが、おそらくコイツは天性のトリックスターだ。それが何であれ、コイツが関わればどんなことだってあんな騒ぎになってしまう気がする。大事な和睦の席をかき回されてはたまらない。

「そうですか」

意外なことに、メグは素直に引き下がってくれた。よかった。彼女は振り返って従者――いや、女性なんだから侍女か？　まぁ、どっちでもいいや――を呼んだ。

「リディア。ゴルダン叔父様に伝令を。『従士団を引き上げよ』と」

「はい、『従士団を引き上げよ』ですね。承りました」

リディアと呼ばれたその侍女は、さらにまた別の男装をした侍女に指示を出す。厩舎《きゅうしゃ》へ駆けていくその侍女の後ろ姿を見送りながら俺はメグに尋ねた。

「従士団がどうかしたのか？」

「はい。もう必要がなさそうなので、城に戻そうかと」

「どこから」

「ケレルガースとの国境《くにざかい》です。勇者様が南隣の紛争に介入なさると聞いたので、何かお役に立てればと」

あぶねぇ。この女、俺がうっかりあの申し出を受けていたら、俺にくっついて従士団を隣領に侵攻させるつもりだったのか。

「お役に立てず、残念です」

彼女は悲しそうに眉を下げて言った。だが、役に立てなかったことを残念がっているわけじゃないのは明白だ。

第二章　ケレルガース内紛始末

竜飼いを背に乗せてヴェラルゴンを離陸させた俺は、まずは針路を東に取った。本当ならまっすぐにケレルガースへ向かいたいところだが、その前に〈丘の聖堂〉に寄らなければならなかった。元帥が〈カダーンの丘〉を訪れた際には、一度は〈丘の聖堂〉の堂主に挨拶をせねばならぬ、というしきたりなのだそうだ。正直なところ、あまり気は進まない。前回もあのネズミ顔の堂主のおしゃべりにはずいぶんうんざりさせられた。しかたがないのでこうしてケレルガースへ向かう途中に寄ることにした。これならば、「この後は陛下からのお役目が控えておりますので」という口実であの長話から逃げ出せるという算段である。ついでに聖堂への先触れも送っていない。もし向こうが忙しくて会えないというならそれもよし、一応お伺いはしましたからね！　というわけだ。

もっともあの堂主のことだ。俺が来ていることはとっくに把握しているはずだ。俺の訪問があることもおそらく予想しているだろう。前回もそうだった。貧相な顔をしている割に、なかなか油断のならない男なのだ。

聖堂の前にヴェラルゴンを降ろすと、中からネズミ顔の小男が慌てふためいた様子で飛び出してきた。顔面は蒼白《そうはく》で、滝のように冷や汗を流している。これは意外な反応。いったい何をそんなに慌てているんだ？　竜の背から降りた俺に、堂主は揉《も》み手《で》をしながら近づいてきた。

「こ、これはこれは、元帥閣下。大変なご活躍であったと聞き及んでおりますぞ。なんでも、竜を率いて無数のオークどもに神罰を下して回られたとか。神もきっとお喜びでしょう。ところで、今回はどういったご用件で……」

そう言いながら、彼は不安げに俺の背後に控える白竜を見上げた。今日もヴェラルゴンは機嫌が悪い。昨日の騒ぎでいくらか落ち着いてはいるが、それでも十分な威圧を周囲に放っている。これは少しかわいそうなことをしたかもしれない。こういう時のヴェラルゴンは竜飼いたちですら怖がるのだ。

「先触れも送らず、失礼いたしました。大した用事ではないのです。領地に戻りましたのでご挨拶に参りました」

「これはこれは、ご丁寧に。ありがたいことです。よければ、聖堂の内でお話でもいかがでしょうか。ささやかですが、おもてなしの用意もございます」

堂主はそう言っているものの、本音では長居してほしくないのがバレバレだった。もっとも、俺のほうも長居をしたいとは思っていない。つまり、俺たちの思惑は一致しているというわけだ。

「実はこの後も、陛下からのお役目が控えていますので、これにて失礼させていただきます」

「おぉ、そうでありましたか。それは残念なことですな」

そう言いつつ、堂主の顔は明らかにホッとしていた。まあ、誰だってこんなおっかない竜が近くにいては落ち着かないだろう。

堂主に一礼し、再び竜飼いとともに竜の背に乗る。大きく翼を広げた後、助走を開始。十分に速度が出たところで飛びあがる。それから、翼をはばたかせて少しずつ加速、上昇させていく。

針路は南、目指すはケレルガース城。


ケレルガース城は湖の中に建っていた。いや、実際には湖の畔《ほとり》に建てられているんだろう。だが、城の周りに掘られた幅広の堀によって、まるで城が湖の上に浮かんでいるかのように見えるのだ。城の北側——つまり、湖に面した側——には城壁がなく、開いた側に船着き場が設けられていた。陸側を包囲されてもここから食料などを運び込めるようになっているのだろう。一方の陸側には、巨大な塔門が鎮座しており、これが主郭を兼ねているようだ。

城の上空を旋回しながらヴェラルゴンに一吼えさせ城内に合図を送る。それから事前にリーゲル殿に言われていたとおり、湖の上空で高度を下げ、船着き場側から着陸する。

城の中庭には、すでに城主以下が俺を出迎えるために整列していた。服装から見て、列の中央、一歩前に出ているのがこの城の主、つまりケレルガースの盟主か。その後ろに並んでいるのは彼に従う小領主たちだろう。

意外なことに、城主は俺の見知った顔だった。彼は俺の前に片膝をついて恭しく頭を下げた。

「このたび、父と兄の跡を受け継ぎケレルガースの盟主となりました、スレットでございます。勇者様、お久しぶりです」

スレットは先の大会戦の生き残りの一人だ。共に〈奏上の儀〉で陛下にあの戦の顚末《てんまつ》を報告した仲間でもある。血筋のいい若者だとは聞いていたが、まさか盟主になっているとは思わなかった。

歩きながら、少し話を聞いた。あの〈奏上の儀〉の後、父の葬儀のために国許《くにもと》へ戻ったはいいものの、病弱だった兄は父の突然の死にショックを受け急激に病状が悪化。そのまま息を引き取ってしまった。当主とその嫡男をほとんど同時に失ったケレルガースは大混乱に陥った。一番年かさの男子であった彼は、あれよあれよという間に盟主の座に祭り上げられた。そこまではよかった。

だが、残念なことに彼の母親は一介の騎士の娘にすぎなかった。一方で、下の弟は幼いながらも、有力小領主の娘を母に持っていた。その有力小領主は、母方の家格の低さを理由にスレットは盟主にふさわしくないと主張し、自らの孫を盟主の座に就けるべく、周囲の小領主らを糾合して兵を挙げた。さらに別の一派がこの混乱に乗じ、僧籍に入っていた上の弟を擁立して参戦。こうしてケレルガースは三つ巴《みどもえ》の内戦に陥った。そしてどうにかスレットが謀反人たちを打ち破り、今に至るということらしい。

「このたびはご足労いただきありがとうございます。私が至らぬばかりに、勇者様のお手を煩わせることになってしまいました」

「いえ、これも元帥としての務め。気にすることはありません」

スレットはああ言っているが、なんだかんだでこの内紛にわずか一ヵ月で勝利してみせたのだ。見込んだとおりの優秀な男だったようだ。さすがにあの大敗戦を生き延びただけのことはある。

スレットの案内で城の大広間へと通された。広間には二列の長机と椅子が向かい合わせに並べられていた。その席の半分はすでに埋まっている。埋まっているのは下座側、つまり入り口に近い側の席ばかりだ。俺たちが入室すると同時に、席についていた者たちが一斉に立ち上がり、直立不動の姿勢をとった。彼らの多くが土まみれの服を身にまとっていた。裂けた布地に血を滲《にじ》ませている者。頭に膿《うみ》で汚れた包帯を巻いた者。なるほど、室内に残されていた彼らはこの内戦の敗者たちというわけか。

おそらく、戦に敗れた時点で捕虜にでもなり、今日この日まで捕らえられたままになっていたのだろう。俺はスレットに促され、彼とともに机の間を突っ切って広間の奥にしつらえられた席に向かう。いわゆるお誕生日席というやつだ。一緒に入室してきた小領主たちは敗者たちの背後を通って上座側にある自分たちの席まで行き、そのまま先にいた者と同様に直立不動の姿勢をとった。

スレットは全員がしかるべき位置についたことを確認すると、彼らに向かって俺を紹介した。

「こちらは、国王陛下より軍権を賜った元帥にして、神の御使いとして異界より招かれたる勇者様であらせられる！　本日は国王陛下の名代として、我らの和睦を見届け、その証人となるべくはるばる王都よりお出《い》でくださった！」

スレットを除いた全員が一斉に剣を抜き放ち、その切っ先を下にして刃の部分を捧げ持った。それから俺に向かって礼の姿勢をとる。こういう時はどうすればいいんだったか。そうだ、確か剣を抜いて、と。

勢いよく抜いた剣を突き出すように掲げ、全員を見まわす。それから、剣を鞘にカチンと音を立てて納めると、それを合図に全員が捧げ持った剣を鞘に納めた。よし、うまくやれたようだ。ありがとう、師範殿。

俺が椅子に座るのを待って、全員が揃って席につく。スレットが従者に合図を送る。すると、大きな羊皮紙の筒を持った文官風の男が彼の隣に立った。

「これより、和睦の条件を確認する。異議のある者はその場で申し出るように」

そう言って、スレットは小領主たちを見まわした。

「では読み上げろ」

「はっ！」

スレットの指示で先ほどの男はその羊皮紙を広げ、条文を一つずつ読み上げ始める。

「一つ、この場にいる全員は、先のケレルガースの盟主ウォーガンの子スレットをケレルガースの盟主と認める。

一つ、ケレルガースに属する諸侯は、ケレルガースの盟主スレットに忠誠を誓う。

一つ、……」

条文の項目は多岐にわたっていた。小領主たちの境界の変更や、身代金《みのしろきん》や賠償金の支払い、現領主の隠居、後継者の指名、婚姻の約束などが淡々と告げられていく。敗者たちは苦々しい顔でそれを聞いていたが、異議を唱えたりはしなかった。もう戦の決着はついているのだ。

すべての条文が読み上げられた後、スレットは立ち上がり剣を抜く。そして、二列の机の間を歩きながら呼ばわった。

「異議のある者は、この場で直ちに申し出よ！　この私が剣をもって御相手《おあいて》する！」

もちろん、誰も何も言わない。

「では、総意を得たものとする。誓いの儀を行おうぞ！」

そう言うとスレットは俺についてくるよう促し、広間の出口へ足を向けた。小領主たちもゾロゾロとその後をついていく。向かった先は城の中庭の一角だった。

そこには七本の石柱が立てられていた。高さは人の背ほどで、苔《こけ》むしており、細長い自然石をそのまま掘り建てたかのような風情だ。それが土俵のように一段高く盛られた土の上に、円を描くように配置されている。その中央には、上面が平らになっている岩が無造作に置かれていた。スレットはその岩の前に立ち、空を見上げた。ちょうど太陽が最も高い位置に差し掛かるところだった。冬の日差しが、土台の上に石柱の短い影を落としている。

「ちょうどいい頃合いだな。誓いをたてよ」

正午の、最も太陽の力が強くなったときに、このストーンサークルで誓いをたてるというのが彼らの習わしであるらしい。小領主たちが一人ずつスレットの前にひざまずき、岩に手を置いて誓いの言葉を述べていく。全員が誓いをたて終わると、スレットは満足げにうなずいた。

「この誓いは、太陽と、神と、神の使者たる勇者様の御前でたてられた！　決しておろそかにすることがないように！」

領主たちが、改めてスレットの前に頭を垂れた。これで儀式は終了らしい。誰もがどことなくホッとした雰囲気を漂わせていた。何はともあれ、これで正式に戦が終わったのだ。俺もお役目から解放されるわけだ。そう思ってスレットの方に視線を向けると、彼の顔に嫌な緊張が走るのが見えた。まだ何かあるのか。

彼はそんな緊張を顔から一瞬で消し去ると、何でもないような顔で言った。

「続いて、謀反人の処刑を行う！　この場に引っ立ててこい！」

場に再び緊張感が戻ってきた。なるほど、負けた側に与《くみ》した全員が処刑されるわけではないにせよ、ケジメをつけなければならない奴らもいるわけか。あるいは過激な戦をして特別に恨みを買った奴が。

彼の号令を受けて、地下牢《ろう》から幾人かの捕虜たちが引きずられるようにして連れてこられた。負けた側の領主たちは一様に沈痛な面持ちに変わる。

勝者たちはというと、これはいろいろだった。満足そうに見守るのはうまいこと勝ち馬に乗れた奴らだろう。端の方で気まずそうな顔をしているのはおそらく寝返り組だな。

それから、少数ながら同情のこもった視線を向けている奴らがいる。その視線の先にいたのは、捕虜たちではなかった。不思議なことに、それはスレットに向けられていた。

理由はすぐに分かった。捕虜たちの先頭に六歳ほどの子供がいた。たぶん、あれがスレットの弟なんだろう。

＊

ケレルガースの盟主ウォーガンの子スレットは、〈奏上の儀〉の後、父の戦死の報を携えて故郷に戻った。スレットにとってウォーガンはよき父であったが、彼は父の死を悲しんではいなかった。むしろ、父はよき死に場所を得た、という思いのほうが強かった。何しろ、あの〈姫騎士〉殿下や〈モールスハルツの獅子《しし》〉らと轡《くつわ》を並べ、大決戦を戦い抜いた末の討ち死にだ。父にとっても本望であったろう。彼の父は根っからの武人だった。

今後のことについての不安は何もなかった。ウォーガンは自らの死後について、常日頃から周囲の者に言い聞かせていた。武人の常として、ウォーガンは自分の死を身近なものとして捉えていたからだ。

曰く、
長男ウォレンを次期当主とする。

次男スレットは騎士として、三男ギルスは神官としてそれぞれウォレンを補佐すること。

四男ハレストについては、将来しかるべき地位を用意すること。また、兄たちと同じくウォレンをよく支えること。

ハレストについての遺言が曖昧なのは彼がまだ幼いためだ。何しろまだたったの六歳だ。

スレットはこの遺言に何の不満もなかった。世評とは裏腹に、ウォーガンの別腹の子らの仲は極めて良好だった。兄は病弱ではあったが、知性と人柄は申し分ない。スレットはそんな兄の剣となり、兵を率いる。魔力の資質を持つ上の弟は神官として領内の聖堂を束ね、領民を慰撫《いぶ》する。下の弟には何ができるだろうか？　利発なところがあるから、王宮に出仕させて中央との調整役を任せるのはどうだろう。まぁ、きっと兄がぴったりの役割を見つけてくれるはずだ。ともかく、自分のするべきことは分かっていた。先の敗戦の痛手は大きいが、我ら兄弟が力を合わせれば必ず乗り越えられる。スレットはそんな風に今後のことを考えていた。

だから父の死は受け入れられた。だが、兄の死は違った。

父の葬儀を終えた夜に、兄の容体の急変を告げられたスレットは顔面蒼白になった。彼は騎士としての教育を受け、できるだけ政事から身を遠ざけていた。しかし、政治を理解できない男ではなかった。兄は、自分たち兄弟の未来の中心にいる。その兄が死ねばどうなるかは明白だ。

必死の手当てもむなしく、翌日長兄ウォレンは息を引き取った。

兄の死を見届けると、スレットはすぐに動きだした。悲しみに浸っている時間はなかった。早急に弟たちを確保せねばならない。だがすでに手遅れだった。兄の死も待たずに、二人の弟はそれぞれの母の実家に連れ去られていた。目的は知れている。彼らの祖父たちが、自身の孫を次期盟主として擁立しようと目論《もくろ》んだのだ。

最年長であるスレットの母方の実家は一介の騎士にすぎない。事実上実家の後ろ盾がないスレットであれば、あるいは勝てるだろうと彼らは踏んだのだろう。それでも、政治的駆け引きの上で弟のどちらかが新たな当主となるのであれば、それに仕えるのも構わないとスレットは考えていた。

少し予定は変わるが、それだけのことだ。

だが、すぐに不快な噂が流れ始めた。スレットが兄を毒殺したという噂だ。誰が流した噂かは知らないが、それは明確な宣戦布告だった。彼の敵は、自身の未来にスレットの居場所を残すつもりはないらしい。謀反人として、彼を完全に排除するつもりなのだ。

亡き父ウォーガンは誇り高き戦士だった。スレットは、兄弟の中で最も濃くその血を受け継いでいる。

いいだろう。そっちがその気なら、やってやろうじゃないか。

スレットは決意した。誇り高き戦士であれば、仕掛けられた戦は必ず受けて立つものだ。彼の味方は少ないが、いないわけではない。だから、負ける気はしなかった。

かくして彼は戦に勝利した。

*

捕虜たちはストーンサークルの前に一列に並べられた。そして一番右端にいた例の子供がスレットの前に連れてこられた。怯《おび》えてはいたが、泣いてはいなかった。さすがは大領主の子、といったところだろうか。大したものだ。俺があれぐらいのころはどうだったかな。言うまでもなく年相応のクソガキだった。あのころの俺が同じ立場になれば、きっと泣きわめいて地べたを転がりまわっていただろう。

スレットの後ろに控えていたひげ面の男が、彼に何か囁いた。彼は黙って首を横に振ってその男を下がらせた。それから、剣を抜き、構えた。その顔には何の表情も浮かんでいない。

誰もが固唾をのんでその瞬間を見守っていた。すべての視線が、ストーンサークルの中心の兄弟に注がれていた。その瞬間、見張りが緩んだわずかなスキをついて捕虜の列から壮年の男が一人、後ろ手に縛られたまま飛び出した。男はストーンサークルの縁で見張りに捕まり、その場に引きずり倒された。引きずり倒されてもなお、身をよじりながらスレットに這《は》いより、彼に向かって哀願した。

「スレット様！　ケレルガースの盟主よ！　慈悲深き我らが主君よ！　どうか我が最期の願いをお聞きください！　ハレスト様は無実でございます！　我らが勝手に担ぎ上げたにすぎません！　すべての責任は私にあります！　どうか、我が孫の——閣下の弟君のお命だけはお助けください！」

あぁ、あいつが今回の主犯か。孫を担ぎ上げてスレットに反旗を翻した有力小領主だったたっけ？

さて、スレットはどうするつもりかな、と視線を戻した瞬間、スレットが感情を爆発させた。

「黙れ！　この痴《し》れ者《もの》め！」

そう叫ぶや否や、彼は足元の男の顔を全力で蹴り上げた。

「何を今さら！　お前らが勝ったところで、俺を生かしておくつもりなどなかったくせに！」

憤怒《ふんぬ》と、悲しみが入り混じったすさまじい形相だった。

「そ、そのようなことは……」

「だったらなぜ一言の相談もなく兵を挙げた！　つまらぬ噂まで流して！」

男は申し開きをしようと口を開いたところで、スレットに腹を蹴られて激しく咽《む》せた。そして咽せながらも言葉を続けた。

「か、閣下……どうか……お、お慈悲を……その手を同じ血で汚してはなりませぬ……これは、死に逝く者の末期の忠言でございます……」

「どの口がそれを言うか！　誰が！　誰のせいでこんなことになったと思っている！」

スレットは手にした剣の平で殴りつけ、男の顎を砕いた。見事な手並みだ。これでもう、あいつは意味のある音は出せまい。

「こいつは吊《つ》るせ。〈戦士の園〉にはふさわしくない」

スレットはそう言って、厩舎の軒を切っ先で指した。それを聞いた男の顔が真っ青になる。すぐに城の使用人と思われる男たちが走りだし、厩舎の軒と縄と踏み台とで即席の絞首台が用意された。バタバタと暴れる男を兵士たちが取り押さえ、絞首台へ引きずっていく。

「まだ吊るすな。自分がしでかしたことの結末をしっかり見届けてもらうからな」

スレットは氷のように冷たい声でそう言うと、しばし天を仰いだ。視線を弟へ戻したときには、元の感情を押し殺した能面のような顔に戻っていた。彼は「行くぞ」と小さく弟に声をかけ、剣を振りかぶった。その時、ハレストが兄の顔を見上げた。

「兄様、僕は兄様を恨んではいません」

それだけ言うと、少年は再び顔を伏せ、首を差し出した。馬鹿め。それじゃ逆効果だ。六歳児の精一杯の気遣いだったんだろうが、今は言うべきじゃなかったな。

見ろ、スレットが動けなくなっちゃったじゃないか。目に涙まで浮かべている。

先ほどのひげ面の男が、剣の柄に触れながらスレットに近づこうとしているのが視界の端に映った。しかたがない。ここは一つ、憎まれ役を買ってやるとしよう。俺は〈光の槍〉を伸ばし、その男を制した。ひげ面の男が何か言いたそうにこちらを見た。俺は首を横に振って、下がるよう促す。それからスレットに向かって言った。

「閣下。後がつかえております」

最初から処刑人に任せていればともかく、一度剣を手にあの場に立った以上はもう引くわけにはいかないのだ。スレットは目に涙を浮かべたまま、分かっていると言いたげに俺を睨み、それから視線を落として一気に剣を振り下ろした。鮮やかな切り口だった。おそらく、痛みを感じる間もなかったはずだ。

残りの捕虜たちが順番に彼の前に引きずり出され、謀反人たちの処刑はつつがなく完了した。軒先には死体が一つぶら下がったまま放置された。

血塗《ちまみ》れショーの後は宴会だった。

大広間の中心の炉で、大きな牛が一頭丸ごと炙《あぶ》られている。それを囲むように円形に配置された机には鳥肉・豚肉・鹿肉・猪《しし》肉といったあらゆる肉料理、それからリンゴやブドウに何やら見慣れない果物が山と盛られていた。広間の四隅にはそれぞれ酒樽が山積みされており、出席者全員を酔い潰してみせようという強い意志が感じられた。

まだ日が高いうちから、酒を浴びるほど飲めるというのは素晴らしいことだ。椅子は配置されておらず、この宴《うたげ》は立食形式であるらしい。酒樽と机の隙間に、小領主とその配下と思われる騎士たちがひしめいていた。

スレットが角杯を手に牛の丸焼きの前に立ち、開宴の言葉を述べ始めた。

「諸君！　戦は終わった！　すべての者が血を流し、多くの勇士が倒れ伏した！　だが、すべては終わったのだ！　ささやかではあるが、〈戦士の園〉を模した宴席を設けさせた。そこでは、死せる戦士たちが敵も味方もなく、互いの武勇を称《たた》えながら終わることのない宴を楽しむという」

あぁ、さっきも出てきた〈戦士の園〉とかいうのは、この世界のヴァルハラ的なあれなのか。

「今、この広間は冥府である！　すべての遺恨を酒とともにこの場に流し去り、一切を現世に持ち帰らぬことを望む。我らは、再び一つとなったのだ！」

そう言ってスレットは手にした角杯を突き上げた。広間の男どもが野太い声でそれに応じ、同じように角杯を突き上げた。楽しい宴の始まりだ。宴会は騒々しくも和やかに行われた。俺のすぐ隣で、片腕の手首から先を斬り飛ばされた男が、その傷口をさらしながらがなっていた。

「見よ！　この傷を！　これは勇士マロルドを倒した折に負ったものだ！」

その声に、一人の若い騎士が応じた。

「マロルドとは我が叔父、隻眼のマロルドのことか。そうか貴殿に討たれたか」

「うむ、まことに手ごわい相手でござった。貴殿もかの御仁と同じ血を引くことを誇りに思われるがよかろう」

そう言って片腕の男は若い騎士の背中をバンバンと叩《たた》き、それから角杯を交換して互いにその中身を飲み干した。

つい先日まで戦っていた者同士が、相手の武功を称え、自らの傷を自慢しながら笑い合う。広間のあちこちから、てんでばらばらの野太い歌声が聞こえる。どれも戦歌だ。同じような光景をいくつもの異世界で目にしてきた。俺が生まれた世界でも歴史を紐解《ひもと》けばさほど珍しいことではなかったらしい。昔の俺はどうしてこんなことができるのか分からなかった。戦争の斬った斬られたをスポーツか何かのように歓談できるなんて、きっと人間的に何かが欠落した戦争狂たちなのだと思っていた。

だが、そうではないのだ。自分自身が勇者としていくつもの戦いに身を投じて、初めて彼らの気持ちが分かるようになった。これは、彼らがごく普通の人間で居続けるために必要な儀式なのだ。

人間誰しも、自分は他人に愛され尊重される存在だと思い込みたがる。それは社会的な生物である人間の本能だ。だが、そうした思い込みは、戦場で敵意を向けられれば無残に砕け散る。戦場において敵意にさらされるということは、危険にさらされたことそのものよりも遥《はる》かに強く、深く、精神を傷つける。どれだけ味方に愛されようが、向けられた敵意は帳消しにはならない。敵意によって、戦士たちは自尊心を損なわれ、精神に傷を負う。

だが、その敵意は互いの立場の違いや、戦争という非日常ゆえのモノであればどうだろう？　あの敵意が〝自分という存在〟に向けられたものではなかったとすれば？　ならば立場の違いや戦争という非日常が解消されればどうなる？

この宴は、それを確認するための場なのだ。敵味方に分れた者同士でしか癒《い》やせない傷がある。和解とは、自身に対する癒やしなのだ。

もちろん、人の感情というのはそれだけではない。部屋の隅に仲間同士で固まっている者たちがいる。関わりのあった者たちから、慎重に、あるいはあからさまに避けられている者もいる。すべての遺恨を酒で流すなどできはしない。スレットは当分の間、彼らの間を奔走しなければならないだろう。

それに、こういう〝場〟が成り立つのは戦士たちの間だけのことだ。お互い様だからああして許し合えるというわけだ。理不尽且《か》つ一方的に被害を受けた場合は、到底相手を許すどころじゃない。例えば、もしこの場に、村を焼かれた領民たちが招かれていたならば、宴の雰囲気はだいぶ殺伐としたものになっているはずだ。

不作で食料が高騰している中で、領民の面倒まで見てやらねばならないとは。まったく、盟主というのは大変だ。

さて、その盟主様はどうしているかと広間を見まわす。見つけた。ちょうど、人目を避けるように広間を出ようとしているところだった。昼間のひげ面の男も一緒だ。おそらく側近なのだろう。あいつの傷も、この宴では癒やせない類のモノだ。少し話でも聞いてやったほうがいいかもしれない。ああいう優秀な奴に潰れられちゃ困るからな。

俺は酔っぱらいたちをかき分けて、広間の出口へと向かった。俺も、柄にもないことを考えてしまう程度には酔っぱらっていた。

スレットを追いかけて広間を出たものの、すでに廊下に彼の姿はなかった。ちょうど通りかかった使用人を捕まえ、城主の私室のありかを聞きだす。スレットの私室は一つ上階にあるとのことだった。

その扉の前には例のひげ面の男が立ちふさがっていた。いつもスレットの一番近くに従っている男だ。昼間の件といい、主従としても個人としても、かなり親しい関係にあるようだ。彼は扉に近づく人影に気づいて一瞬制止しかけたが、それが俺だと認めると深く一礼してくれた。ひげのせいで年を食って見えたが、こうして近くで見てみると思いのほか若い。だいたい二十代前半といったところか、見かけ上は俺やスレットと同年代だろう。

「我が主は奥の間で休んでおります。しばしお待ちを」

彼はそう言って、部屋の中へ引っ込んだ。そしてすぐに出てきて言った。

「どうぞこちらへ」

そうして再び頭を下げながら俺に中へ入るよう促した。すれ違いざまに、顔を上げた彼と目が合った。そこには、なんとも言えない複雑な光があった。彼が俺にどんな感情を抱いているかは分からないが、その光の中には明らかに警戒が含まれていた。いや、警戒というより、心配か。何しろこの男を制して、スレット自身に弟を斬らせたのがこの俺だ。傷心の主にまた余計なことを言いはしないかと案じているんだろう。

部屋の主は力ない笑みを浮かべながら俺を迎えてくれた。

「……先ほどはありがとうございました」

俺に椅子を勧めながら、スレットは言った。たぶん、処刑の時のことを言っているんだろう。

「余計なことをしたのでなければいいのですが」

「いえ、助かりました。勇者様が制してくださらなければ、あのままリカードに処刑を委ねてしまっていたかもしれません」

情に流され謀反人すら処断できなかったと見なされれば、彼は配下の小領主たちに見くびられることになる。彼はきちんとそのことを分かっているらしい。おかげで変な恨みを買わずに済んだ。まぁ、少なくとも表面上は。内心までは分からない。

「ところで、勇者様。私に何かご用でしょうか？」

「いえ、特に用事があるわけではないのですが、閣下が気落ちしておられるように見えたので少しお話でもと」

「それは……お気遣い痛み入ります」

沈黙。

酔った勢いというのは恐ろしい。とりあえず部屋まで来てみたものの、俺はコイツのことをほとんど何も知らない。どう慰めればいいか見当もつかなかった。どうしよう。

「……」

「……」

気まずい沈黙が場を支配する。しかたがないので、俺は昔話をすることにした。

「……昔、仲間の一人が自分の娘を殺さなければならなくなったことがありました。年は先ほどのハレスト様と同じぐらいでしたでしょうか。愛らしい、優しい子でした」

「なぜそのようなことに？」

「私のミスです」

言い訳はすまい。儀式に必要な魔力総量を見誤ったのだ。不足分を補うためには生贄《いけにえ》が必要だった。否、必要になってしまったのだ。時間が限られていた。間に合う位置に、儀式に必要なメンバー以外には、あの子しかいなかった。

「詳細はお話しできませんが、そのミスにより犠牲が必要になってしまったのです」

あの世界の魔法の概念について、彼に説明するのは面倒だ。説明したところで、それは言い訳めいたものになってしまうに違いなかった。

「ともかく、その男は自身の務めと娘の命を天秤《てんびん》にかけ、自らの手で娘の命を絶つことを決めたのです」

時間が迫る中、あいつは別れを惜しむ間もないまま娘を殺した。あの子は泣いていたように思う。

「……それで、どうなりました？」

スレットが、身を乗り出してすがるように尋ねてきた。

「娘は死に、男は悲嘆に暮れました。しかし、その世界は滅亡を免れました」

「その後は？　その男はどのように立ち直りましたか？」

「……立ち直れませんでした。立ち直れないまま、次の戦いで命を落としました。その男と和解することは最期までできませんでした」

「……」

それを聞いたスレットは、項垂《うなだ》れたまま黙り込んでしまった。彼にとって、まるで救いのない話であったろう。俺にとっても、忘れちゃならないが思い出したくもない話だ。何でこの話を選んだのか、我ながら理解に苦しむ。そうだ別の話をしよう。

「さる人物に代わって、その者の親を斬ったことがあります」

これもやっぱりあまり思い出したくなかった話だな。

「その親は、子を裏切り、私たちの敵に情報を流していました。その者は、唯一の肉親を自らの手では斬れぬと言い、剣を私に託しました」

スレットが、顔を上げて暗い目でこちらを見ていた。

「……それで、どうなりましたか？」

「恨まれました」

まったくもって理不尽な話ではあるが、もともと人の心とは理不尽なものなのだ。

「……世の中はままならぬものですね」

スレットは寂しそうに言うと、またうつむいてしまった。うん、トークは失敗だな。雰囲気が前よりも暗くなってる。

「……」

「……」

また沈黙が。もう帰りたくなってきたが、ハイサヨウナラとも言えない雰囲気だ。

そ、そうだ。ここは一つ彼の話を聞こう。カウンセリングの神髄は聞くことにあると先生も言っていたではないか。

「もしよければ、ご家族の話でも聞かせてもらえませんか」

スレットが顔を上げて、すぐにまた伏せた。

「……家族はもういません。母は私を生んでまもなく死にました。父は先の戦で。祖父は父とともに。兄弟たちは……」

それきり彼はまた黙り込んでしまった。これも地雷だった。いや、よく考えたら地雷でも何でもないな、コレ。見えてる爆弾を地雷とは呼ばない。気まずい。

沈黙が支配する中、どうやってこの場から逃げ出そうか算段を練っていると、不意にスレットが話し始めた。

「……いえ、リカードがまだいました」

「リカードというのは、扉の前にいる方ですか？」

「はい。今は従士団を任せています」

どういうことだろう？　血が繋がっているわけじゃなさそうだが。まさか、そういう関係なのか。まぁ、戦士の集団ではそういう文化が生まれやすいからな。ひとたび軍役に加われば、若い男ばかりで、何日も、何ヵ月も、下手すれば何年も行動を共にするわけで。

「リカードは私の乳兄弟なのですよ」

あぁ、そっちか。リカードの母親が、彼の乳母だったのか。そういや、生まれてすぐに母親が死んだって言ってたもんな。それで同じおっぱいを吸って育った仲というわけだ。

「子供のころからずっと、兄弟同然に育ってきました。私が戦うことを決意したときも、リカードは私についてきてくれました」

スレットは寂しそうな笑みを浮かべながら続けた。

「あいつの祖父は、反乱を首謀したあの男です。つまりハレストの従兄弟《いとこ》でもあったわけです。リカードはあちら側につくこともできたのに、一族を捨てて私についてくれたんです。おかげで私は勝つことができました」

まさに骨肉の争いだな。これだから内戦には係りたくないんだ。

「それは……いい家臣に恵まれましたね」

「ええ、まったくです。今回の内戦で、裏切りや寝返りを嫌というほど見ました。本当の意味で信用できるのは、もはやあいつだけです」

スレットは深いため息をついて、再び項垂れた。そして項垂れたまま言った。

「……私は勇者様が羨ましい」

「なぜです？」

「勇者様は、こういった血縁や土地のしがらみから自由であられる」

なるほど、彼にはそう見えるのか。

「私が自由なのは、何も持たないからですよ。異世界を渡り歩く身の上では、信頼できる友をたった一人持つことすら難しい」

俺にしてみれば、スレットのほうがよほど羨ましかった。彼には信頼できる友がいて、共に守るべき居場所を作っていくことができる。

俺にはそういったものはない。もちろん、一つの異世界で何年か過ごせば、仲間や居場所ができないわけじゃない。だけど、世界を救ってしまえばそれまでだ。俺は元の世界に戻され、築いてきたものとはオサラバになる。俺にとってそれらは一時的なものにすぎないのだ。本来の世界ですら、異世界の渡りの合間に過ごす断片的な存在でしかない。かつての友人たちも、今は俺を置き去りにしてそれぞれの人生を歩んでいることだろう。

「……やはり、世はままならないものですね」

「えぇ、ままなりませんね」

ここでまた沈黙。ただし、気のせいかもしれないが、先の沈黙と比べれば重苦しさが減っていた。話もなんとなく一区切りついたような気がするし、さっさと退出させてもらおう。そう考えて腰を浮かせかけたところで、スレットが口を開いた。

「……勇者様、改めてお礼を述べさせてください」

「なんのです？」

改めてと言われると心当たりがない。

「リカードを止めていただいたことです。もしリカードに斬らせていたら、先ほどの話の男のようにリカードを……最後の家族を恨むことになっていたかもしれません」

そういうこともあったかもしれない。リカードには理不尽なことであろうが、人の心は不条理だ。

「一度、ハレスト様のことをよく知る人と、ゆっくりと思い出話でもしてみるといいと思いますよ。リカード殿は適任でしょう。それは、死者への弔いにもなります」

「なるほど。そうしてみます」

頃合いだろう。俺は席を立ち、スレットに一礼して部屋を出た。部屋を出たところで、リカードが俺に深々と一礼してきた。答礼しようとしたが、いつまで経《た》っても頭を上げないので、そのままにして立ち去ることにした。頭を下げたままのひげ面男を背に歩いていると、背後で扉が開く音がした。部屋の中から、微《かす》かに声が聞こえた。

振り返るともう扉は閉まっていて、リカードの姿もすでになかった。


あの宴会場に戻る気にもなれず、俺はあてがわれていた客室に引っ込んだ。特にすることもなくぼんやりと過ごしていたところ、深夜になって来客があった。誰かと思えばひげ面のリカードだった。

「まずは先ほどのお礼を述べさせていただきたく。我が主は勇者様にお会いいただいたおかげで、気分を持ちなおすことができたようです」

わざわざこんなことを言いに来るなんて律儀な奴だな。スレットが信頼するのも分かる。

「いえ、大したことはしていません。貴方《あなた》という支えがあればこそですよ」

彼は俺の返答を聞いて少しだけ嬉《うれ》しそうに顔をほころばせたが、まだ何か言いたいことがあるらしかった。

「それで、夜遅くに何か私に用事でも？」

「は、一つ勇者様にお願いしたいことがございます」

「できることであれば、可能な限り対応しますが」

はて、いったい何を頼まれるんだろうか。リカードは、一瞬迷うようなそぶりをした後、用件を切り出した。

「実は、まだ一人だけ、今回の内乱で処断すべき人物が残っておるのです」

あぁ、やっぱりそうか。俺もその点は少し気になっていたのだ。スレットには二人の弟がいて、その両方がそれぞれ別派閥に担ぎ上げられていたはずだった。なのに、あの場で首を斬られたのは下の弟だけだったのだ。てっきりすでに戦場で討ち取られたのかと思っていたが、そうではなかったらしい。

「三男のギルス殿が我らの追跡を振りきり、いまだ逃亡を続けております」

「……大丈夫なんですか？」

ただの神輿《みこし》とはいえ、反乱側の旗印になりうる人物だ。そんなのがうろつきまわっている状態で、内戦の終結宣言なんか出してよかったのだろうか？

「はい、主だった支持者たちはすべて死ぬか、恭順させています。今さら何もできますまい」

それなら問題ないな。だけど、それじゃあなんだっていうんだ？

「それで、私に頼みとは？」

「ギルス殿の痕跡を辿《たど》ったところ、隣領に逃げ込んだ可能性が高いことが分かりました」

「隣の領地ですか」

面倒な予感がするな。

「はい。〈カダーンの丘〉です」

やっぱり俺のところか。

「それで、領内を捜索する許可が欲しいということですか？」

俺に預けられてはいるものの、あの領地の本来の所有者は国王陛下だ。俺が勝手に許可していいんだろうか？

「いいえ、そうではありません。逃げ込んだ先はすでに見当がついております。あの地に、ギルス殿の縁者がおるのです」

俺の領地に、ギルス君の親戚？　ギルス君の親戚ということは、スレットの親戚でもあるんだろうか？　そんな人物に心当たりは……いや、一人だけいたな。

「〈丘の聖堂〉ですか」

「いかにも」

リカードは重々しくうなずいた。

「あの堂主は、ギルス殿の母方の叔父にあたります」

あのネズミ顔のおっさんめ。最初に会ったときもやけに三男君を推していたし、妙だとは思っていたのだ。今朝訪ねたとき、やけに慌てていたのはそのせいか。俺がケレルガースの平定に行くと聞いて、手土産に逃亡中の謀反人を捕まえに来たと勘違いしたんだろう。

「分かりました。領地に戻り次第、聖堂に掛け合って身柄を確保しましょう。そのうえでスレット閣下に引き渡せばいいんですね？」

「いえ、その必要はございませせぬ。先ほども申し上げたようにかの者の支持者はすでにおりませぬゆえ」

おや、意外な答え。リカードは不審な気配はないかと周囲を窺った後、声を潜めて言った。

「ただ、決してケレルガースには戻るなと、そう伝えていただきたいのです」

「……かまいませんが、スレット閣下は知っているんですか？」

「……我が一存にて」

俺はリカードの目をじっと見た。彼は目をそらすことなく、こちらを見つめ返してきた。ふむ、裏切り者の目ではないな。おそらく、スレットにこれ以上の負担をかけまいとでも考えているんだろう。昼間のことといい、こいつは過保護すぎるな。

「……分かりました。伝えることだけはしておきましょう」

だが、何も言うまい。これ以上はこいつらの問題だ。

「ですが、私はギルス殿の所在について何も知らないし、貴方から聞いたこともない。それでいいですね？」

何かあっても責任は取らんからな。

「はっ！　ありがとうございます」

リカードから本人確認をするための情報を二、三教えてもらう。それから彼は俺に向かってきっちりとした騎士の礼をとると部屋を退出していった。

彼を見送った後、俺は後悔した。伝言を届けるには、あのネズミ顔の堂主と顔を合わせなきゃいけないのだ。実に面倒くさい仕事じゃないか。やはり安請け合いはするもんじゃない。

＊

〈カダーンの丘〉に戻った俺は、さっそく〈丘の聖堂〉へと出向いた。威圧を与えないよう聖堂から十分に離れた位置でヴェラルゴンから降り、よくよく宥《なだ》めたうえで待たせておく。竜飼いはヴェラルゴンと二人っきりで待たされるのを嫌がった。だが、以前のように無意味に吼えさせて、あのかわいそうな堂主を怯えさせるわけにはいかないからな。一昨日の火柱祭り以来、こいつもいくらか機嫌を戻しているし、たぶん大丈夫だろう。

〈丘の聖堂〉の堂主は、小悪党めいたネズミ顔の男だ。だが、初対面の印象こそよくなかったものの、事情が分かってみればそう悪い人間とも思えなかった。リカードによれば、あの堂主はスレットの上の弟の叔父にあたるのだという。彼もケレルガースの三勢力の中で最も劣勢だった甥《おい》っ子を助けようと必死だったのだろう。それで、あんなあからさまに偏向した情報を俺に吹き込んで、あの内戦に介入させようとしたのだ。

よくよく考えてみれば、彼が本当に策謀家ならあんな下手糞《へたくそ》なやり口をするはずがない。たぶん、根は嘘《うそ》のつけない正直な人間なんだろう。その善良さで聖地を守る堂主に任じられたに違いない。そういえば、俺にいろいろ吹き込む際には農民たちの被害について盛んに嘆いていた気がする。あれもきっと多分に本音が含まれていたのだ。

何しろスレットは戦士としては優秀だったらしいからな。有能な分だけ、戦に関しては容赦もない。勝利のためには放火や略奪ぐらいは何のためらいもなく実行したことだろう。それも、いたって効率的に。実際ケレルガースへの行き帰りには焼き尽くされた村落の残骸がいくつも残っているのを目にした。彼の嘆きには幾ばくかの真実も含まれていたわけだ。

そうと分かれば、あの御仁に会うのもそう苦痛なことではない。もちろん、そう簡単にギルス君を匿《かくま》っているとは認めないだろう。大事な甥っ子を何が何でも隠し通そうとするはずだ。だが、こちらが誠意をもって接すれば、伝言ぐらいは頼めると思う。何しろ伝言の内容そのものは、彼らにとってむしろよい知らせなのだ。

もちろん、その伝言を受け取って彼がどうするかはまた別な問題だ。今回のことはリカードの一存にすぎない。もしかしたら、ギルスが死を覚悟でケレルガースへ戻ることもあるだろう。それはそれで構わない。だが、もし過去を捨ててこの領地にとどまりたいというのであれば、見て見ぬふりをするのに吝《やぶさ》かではない。たとえスレットから問い合わせがあったとしても、俺は「知らない」と返答するつもりだ。一応、リカードにもそう約束しているからな。


おそらく、竜が飛んでくるのをまだ遠いうちから見つけていたのだろう。俺が聖堂の前で名乗りを上げると、堂主はすぐに出てきた。堂主の手には鎖が握られており、その先には痣《あざ》だらけの少年がグルグル巻きにされていた。スレットによく似た少年だった。アイツの目から戦士特有の鋭さを除くとこんな顔になるんだろう。

堂主は俺の顔を見るなりひれ伏しながら早口でまくし立てた。

「おぉ！　神より遣わされし慈悲深き我らが勇者様！　まずは私に叛意《はんい》など毛頭ないということをご承知おきください！　反逆者を匿う意図などなかったのです！　ただ、この小汚い鼠《ねずみ》めが我が聖堂に忍び込んだことに気づいていなかっただけなのでございます！　その証拠に、反逆者をこうして手ずから捕らえてまいりました！」

いきなり何を言い出すんだ。

「叔父上！　これはいったいどういうことですか！　先日は私を匿ってくださると……！」

「黙れ反逆者め！　神の意に背いておきながら聖堂に逃げ込むなど、まったく厚かましい！　貴様のような薄汚い小鼠は木の洞の中で震えておればよかったのだ！」

思ってたのと違う。なんかこう、怯える彼らにリカードの言葉を伝えて、それから「私は何も知りませんよ」的なことを言って、彼らの感謝の言葉を背に受けながらクールに立ち去る。そんな感じを想定していたのだ。

俺が戸惑っている間に、堂主はギルス少年の背をゲシと蹴った。蹴り飛ばされた少年が、俺の足元に倒れこむ。彼は縛られたままモゾモゾと起き上がると、背筋をまっすぐに伸ばして正座し、俺を見上げた。その眼《め》は、すでに覚悟を決めているようだった。困った。

「勇者様！　この者は私がこの手で始末させていただきます！」

俺の困惑をよそに、堂主がどこからともなく取り出した手斧《ちょうな》を振り上げた。少年は堂主をキッと睨んだが、抵抗するそぶりは見せなかった。

「待て待て待て！」

俺は慌てて堂主を制した。

「俺は彼を捕まえに来たわけじゃないんですよ」

「……え？」

「リカード殿は、『ギルスが領地に戻らぬ限り、そして過去を捨てて隠棲《いんせい》する限り目をつむる』と、密《ひそ》かに俺に伝えてきました。今日はそれを伝えに来ただけだったんです」

「…………」

二人はポカンとした顔で見つめ合った。さぞ気まずかろう。

「ところで、この少年は何者ですか？　ケレルガースの謀反人なんてここにはいないはずですが」

そこでハッと気づいたらしい堂主が、冷や汗を垂らしながら目を泳がせる。

「そ、そうでした、そうでした！　これは我が聖堂に勤める小間使いでしてな！　手癖が悪く、たびたび倉庫の食料に手を付けておりまして、こうして折檻《せっかん》しているところだったのです！　勇者様も間の悪いところにお出でになられましたな！　見苦しいものをお見せしました。いや、まったくお恥ずかしい！　こら！　反省せぬか！　この食い意地ばかりはった大鼠め！」

そう言って、堂主は少年を蹴り始めた。盟主の座を争った謀反人から、手癖の悪い腹ペコ小僧に格下げされてしまった少年は、堂主を憎々しげに睨み上げながら叫んだ。

「叔父上！　私を勝手に謀反の旗頭に祭り上げておいて、今さら何をおっしゃるのですか！」

「な、な……なにを言うか！　でたらめばかり吹きおって！　勇者様！　私は何も知りませんぞ！　この者は妄想を現実と信じ込む悪癖がありましてな……」

少年が俺に向かって首を突き出しながら叫んだ。

「勇者様！　もう覚悟はできております！　この場で私をお斬り捨てください！　そして私の首を兄上の下に送ってください！　私が生死不明のままでは、兄上にご迷惑をかけましょう！」

勘弁してくれ。何で俺がそんなに後味の悪い役をしなきゃならないんだ。

「二人とも落ち着いてください。どうでしょう、私がこの少年を引き取るというのは」

どのみち、彼はもうここにはいられまい。しかたがないから、トーソンにでも預けてうちの領地で働かせておこう。神官として教育を受けていたそうだから、読み書きもきちんとできるはずだ。

トーソンも使える人材が増えれば喜ぶに違いない。

だが、俺の提案にネズミの堂主は難色を示した。

「お、おぉ……なんと慈悲深きお言葉……。しかし勇者様。この者は大変手癖が悪く、勇者様の下で働かせるにはふさわしくありません」

「かまいませんよ。トーソンが鍛えなおしてくれます」

そもそも、手癖が悪いという話自体が、この場を取り繕うための嘘じゃないか。

「そ、それにですね……そうです！　この者には虚言癖があると先ほどお伝えしたでしょう。えぇ、それはもう息を吸うように嘘ばかり言うのです！　こいつの言うことは嘘ばかりです！　まったく信用がなりませんぞ」

堂主がまた冷や汗をかいている。あぁ、そうか。この御仁は、この少年が生きたまま俺の手に渡るのを怖れているのだ。何しろ先ほどの発言からみるに、この堂主はケレルガースの内乱を煽《あお》った黒幕の一人であるらしい。おそらく、自分の縁者を盟主に据えることで俗界への影響力の拡大を目論んだのだろう。この少年の証言でそれが明るみに出れば、彼は直接の危害はないにせよ面白くない立場に立たされるというわけだ。俺が少年の身柄を抑えている限り、堂主にとっては俺に首根っこを押さえられ続ける形になる。

「見たところ、賢そうな少年じゃないですか。ぜひ引き取らせていただきたいですね」

「この者は、神殿の財物を盗んだ極悪人です。この罪を犯したる者は死罪と決まっております」

「なおさらここに残していくわけにはいきませんね。みすみす死なせるぐらいなら、ぜひとも我が領地の発展に役立てたい」

俺は〈光の槍〉を出現させると、それで少年を縛っていた鎖を撫《な》でた後、穂先を堂主に突きつけた。堂主は、たったそれだけでバラバラになった鎖を見て青ざめたが、それでもなお口を開いた。

「勇者様。先日、御邸宅で奇妙な儀式を催されたとの噂を耳にしておりますぞ。そのうえ、我が聖堂の罪人まで掠《かす》め取《と》ったとあらば、神への冒瀆《ぼうとく》と異教の崇拝、さらに神殿への不敬の咎《とが》をもって破門ということもあり得ましょう」

おっと、ガクガクと震えながらよく言ったものだ。その勇気は称賛に値する。やはり、まったくの小物というわけではないらしい。

「かまいませんよ。ただし、その場合は私も王都へと出向き、国王陛下と大神官長を前に申し開きをすることになります。その場合、この少年のことも含めて洗いざらい神の御前で告白することになるでしょうね」

異教の儀式といったって、実際はただのゴミ焼きだ。仮に破門を回避できなかったとしても、正直なところ俺はあまり痛くない。神殿は大きな支持基盤に違いないが、竜騎士団をはじめとして俺の味方はほかにもいる。神殿騎士団も目下再編中で、もともと戦力には数えていない。それにしても、神の御使いが破門されるというのは面白いな。

それに引き換え彼はどうか。この不祥事は、神殿内で彼が抱えている政敵に攻撃の材料を与えるのではないか？　堂主の顔が悔しげに歪んだのを見て、俺は推測が当たっていたことを確信する。

「……勇者様。一つだけお聞きしたいことがございます」

「何ですか？」

「ケレルガースの謀反人なんぞを抱え込んで、いったいどうするおつもりですか」

「特に何も。ちょっと領地の経営を手伝ってもらうだけですよ」

一応、スレットは同じ戦を生き延びた戦友だからな。無暗《むやみ》に彼の人生をかき回すつもりはない。ギルス君の存在を匂わせて、オークとの戦いの時に協力してもらえたら嬉しいなぁ、という下心が一欠けらもないとは言わないが。まぁ、最終的にはギルス君の意志を尊重するつもりだ。彼がどうしても故郷へ帰りたいと言うなら、その時はこっそりとリカードのところへでも送ってやろう。

俺はギルスを連れて、領主の館まで歩いて戻った。少し離れたところを竜飼いがヴェラルゴンを曳いてついてくる。近づきすぎると、ヴェラルゴンがギルスに噛《か》みつこうとするのだ。ギルスには素質がなく、ヴェラルゴンには乗せられそうになかった。そうでなくとも三人乗りはあまりやりたくない。いったん竜で館に戻って、それから馬を連れてギルスを迎えに戻ることも考えたが、それはもっと不安だった。待たせている間に、あの堂主に口封じされかねない。歩きながらギルスにいろいろと尋ねてみた。

「これから当分の間、君は私が預かります。いいですか？」

「……はい」

少年はすっかり打ちひしがれていた。そりゃそうだろう。

「とりあえず、新しい名前を考えなきゃいけないですね。希望はありますか？」

「……いえ、特には」

「じゃあ、ジョージで」

「……はい」

彼はずっとこんな感じだ。まぁ、しかたあるまい。

「引きこもっていてくれてもかまいませんが、それもつまらないでしょう。君にも何か役割を振ろうと考えています。希望はありますか？」

「……いえ、特に」

「読み書きや計算は？」

「神殿で一通りの教育は受けています」

「なるほど。神殿ではほかに何を習いましたか？」

「神の教えについて。それから、祝福や祈禱《きとう》も一通り。戦儀も一応修めていますが、魔法陣は描けません」

戦儀というのは、〈加護の魔法〉と呼ばれている、あの〈光の盾〉を生じさせる儀式のことらしい。地面に描いた魔法陣に魔力を送ることにより、対になる護符が貼られた盾に〈光の盾〉と同様の効果を発生させると聞いている。戦儀とやらは俺の役には立たないし、領内の神官は〈丘の聖堂〉で足りている。さて、コイツをどう活用したものか。

「もともとは、どのような仕事に就く予定だったんですか？」

俺の質問に、ギルス改めジョージ君はものすごく悲しそうな顔をした。しまった。彼の将来はついこの間無茶苦茶になったばかりだったのだ。無神経なことを聞いてしまった。だが、彼は俺の質問に答えてくれた。

「……正神官に叙任された後は、どこか遠方の聖堂に派遣されて実務経験を積むことになっていました。それから、王都の大神殿でもう一度修行して位階を上げた後、ケレルガースの城付神官として領地に戻り、父上か兄上に仕えるはずだったのです」

聞けば、領主の次男坊や三男坊には珍しくないコースであるらしい。

「私のように貴族の子弟で魔力持ちであれば神殿騎士になることもできましたが、そうなれば家とは縁を切らねばなりません。中には神殿での出世を目指す方もいましたが、その道は私には向きそうにありませんでした。学僧として真理を追究する道もありました。興味はありましたが、兄たちは私が領地に戻ることを望んでいましたので」

あのネズミの堂主なんかは出世コースを目指したわけだな。大神官長まで上り詰めれば、そこらの大領主よりよっぽど中央への影響力は強いだろう。確かにこの少年は、そういう世界には向いてなさそうだ。学僧はこの世界の科学者みたいなものだろうか？　そういや、俺に歴史を教えに来てくれた神官も学僧を名乗っていたっけ。

「その学僧っていうのは、どんなことをしてるんですか？」

「聖典の解釈や戦儀について研究している方が多いようでした。中には、神がこの世に定めたもうた法則を解き明かさんとしておられる方々もいました」

メインになる分野は聖典と魔法の使い方か。たぶん、その二つが神殿の権力の源泉なのだろう。〈加護の魔法〉を使う戦儀神官たちは、オーク討伐や、各種反乱の制圧時に限って神殿から領主たちの下に派遣されるものだと聞いている。

「学僧の中にオークについて研究している方はいませんでしたか？」

「オーク……？　あの穢《けが》れた連中をですか？」

「はい」

この世界の魔法体系にも興味はあるが、俺が一番知りたいのはこれだった。

「分かりません。私も学塔についてはあまり詳しくないので。学僧の方々は浮き世離れしている方が多かったので、あるいはそういう方もおられたかもしれません」

「……そうですか」

学者に対する世間の評価というのはどこの世界でもあまり変わらないな。

「申し訳ありません」

ジョージはそう言ってまたうつむいてしまった。おっと、話がずいぶんそれてしまったな。今考えるべきは、ジョージにどんな仕事を与えるかだったか。残念ながら、神官絡みで彼に頼める仕事はなさそうだ。まぁいいか。トーソンに任せればなんとかしてくれるだろう。

「勇者様、そちらの御方は？」

トーソンは俺が連れ帰った痣だらけの少年を見て、訝しげな顔をした。

「ジョージ君です。訳あって、ケレルガースから連れ帰ってきました」

「……なるほど」

トーソンの目が少しだけ鋭くなった気がした。面倒ごとの気配をかぎ取ったのかもしれない。服装こそ小汚いものの、ジョージ君からは貴族らしい育ちのよさが隠しようもなく漂っている。そんな奴を紛争地帯から連れ帰ってくれば普通はそう考えるか。

「それで、ジョージ殿はどのような待遇でお迎えすればよろしいですか？」

「彼にはもう帰る場所はありません。何か仕事を与えてやってください」

「仕事、ですか」

トーソンは思案顔でジョージを見た。

「勇者様の従者……というわけにはいかないんでしょうな」

「はい、それは無理です」

身の回りの世話をさせるのは構わないが、竜に乗れない奴はどこへでも連れていくというわけにはいかない。それに、俺の立場ではどんな人物の訪問を受けるか分からない。従者として俺のすぐ側をうろうろさせるのはリスクが大きい。要人の中にはケレルガースの先代盟主の息子の顔を知っている者もいるだろうからな。神殿関係者だって油断がならない。あるいはトーソンも彼の正体に気づいているのかもしれない。

「読み書きと計算はできるか？」

トーソンがジョージに尋ねた。

「……はい」

ジョージがうなずく。

「では、当面は私の助手として働いてもらいます。今後のことはその働き具合を見て決める、ということでいかがでしょうか」

異議はない。

「それでよろしくお願いします」

さて、これで国王陛下からの依頼は片付いた。俺は王都へは戻らず、しばらく自分の領地でのんびりすることにした。王都にいたんじゃ、また王様に呼びつけられて面倒ごとを押し付けられそうだ。ここにいればそう気軽には呼び出されはしまい。ここに伝言を送るには、少なくとも竜騎士を一人飛ばさなきゃならないからな。それに前々からやってみたいことがあったのだ。

第三章　オークの太郎

帰還した翌日、俺は馬に乗って一人で粉挽小屋《こなひき》へと向かった。竜で飛ぶような距離でもないし、オークたちに無暗に怯えられても困る。いつか迎えるであろう講和の機会に備え、オークとコミュニケーションをとってみようと考えたのだ。

「ルマはいますか？」

小屋の扉を開けると、粉挽小屋の管理人であるルマがオークたちの鎖を真ん中の柱から外している最中だった。どうやら、ちょうど休憩に入るところだったらしい。いいタイミングだ。

「へい、元帥閣下。何かご用で」

ルマは訝しげな視線を俺に向けた。

「しばらくの間、オークを一匹貸してください」

「へぇ、そりゃこのオークは元帥閣下の持ち物ですから……」

厳密には国王陛下の持ち物を俺に預けているという形式のはずだが、コイツにとってはあまり関係のない話なんだろう。

「しかし、何のためでごぜぇましょう？」

説明したほうがいいだろうか？　いや、コイツが知る必要はないな。オークとおしゃべりしたいからだなんて言ったら、また変人扱いされてしまう。

「暇潰しに、芸でも仕込もうと思って」

代わりに適当な理由をでっち上げた。ルマはあきれた顔をしながらも、一番小柄なやせ細ったオークを俺の前に連れてきた。コイツが一番力が弱く仕事への影響が少ないからだろう。その時、オークたちが突然ブウブウと声を上げ始めた。どうやら抗議しているらしい。仲間がひどい目にあわせられるとでも思ったのだろう。ルマが鞭《むち》で床を数発、派手な音を立てて叩いてみせると抗議の声はすぐに弱々しくなり、やがてやんだ。

そういえば、前回倒れこんでいたオークが見当たらない。別にオークの見分けがつくわけじゃないので確信は持てないが、頭数自体が前回より二匹ばかり少ない気がする。

「この間のオークはどうなりました？　前に見に来たときに、倒れていた奴は」

「へぇ、あの後すぐに死にました」

ルマは答えながら縮こまってしまった。たぶん、叱られるとでも思ったんだろう。

「残念です。ですが、しかたがないですよ」

あれは明らかに死にかけてたからな。

「ですが、今後はなるべくオークを減らさぬよう気をつけてください」

ホッとした様子のルマに、念のため釘《くぎ》を刺しておく。

「へぇ、分かりやした。それで、こいつで構わないでしょうか？」

ルマはそう言って先ほどのオークの背を押す。そうだった。俺はオークを借りに来ていたんだった。

「あぁ、ありがとう」

「待ってください、首輪をつけますんで」

ルマは壁に掛けてあった鎖付きの首輪をそのオークに取り付けて、それからカギを俺に渡してくれた。

「くれぐれも逃がさんようにお願いしますよ、閣下」

「分かりました。気をつけます。ところで、少し屋根のある場所を借りたいんですが」

「……ワシが寝起きしている小屋でよければ」

渋々といった調子で彼は自分の家を使うよう申し出てくれた。

「いえ、倉庫のようなところで十分です」

俺がその申し出を断ると彼は明らかにホッとしたようだった。自分の寝床にオークを連れ込まれるのは嫌だったんだろう。そりゃそうだ。俺だって彼の寝床に案内されても気まずい。

「倉庫でよければ好きに使ってくだせぇ。右隣が麦の倉庫。左隣がこいつらの餌置き場になります。さらにその隣は家畜小屋《オーク》です。くせえから、そこは使わんほうがよろしいでしょう」

ひとまず、俺はオークを連れて小麦倉庫に入った。左手にひく前の麦。右手にはひいた後の麦が積まれているようだ。倉庫の中の空気は粉っぽく、少し歩いただけで薄《う》っすらと足跡が残った。

餌置き場を使ったほうがよかっただろうか？　でも、先ほど見た限りでは、オークたちは明らかに腹をすかせていた。おそらく、最低限の餌しか与えられていないのだろう。餌に囲まれてこいつの集中力が途切れても困る。改めて連れてきたオークに目をやると、その眼には明らかに恐怖の色が浮かんでいた。うん、いきなり剣を持っている奴に連れ出されればそりゃ怖かろう。

まずはコイツの恐怖心を解くところからだな。最初はニッコリとした笑顔を……見せたりすると失敗することがある。それがうまくいくのは、同じ人間か、人間にごく近い種族だけだ。コレぐらい外見が離れていると、笑顔を見せるのは逆効果になることがある。種族によっては、人間の笑顔は牙をむいて威嚇しているように見えるらしいのだ。表情から何かを読み取ったり、伝えたりするのは、お互いのことをよく知った後にしたほうがいい。

俺は無表情のままオークの首輪を外した。それから、あらかじめ用意しておいたリンゴを差し出す。オークはリンゴを受け取ろうとはしなかった。だが想定の範囲内だ。ナイフを取り出し、リンゴを半分に割る。オークはナイフを見て少し後ずさった。

俺はナイフを脇に置き、リンゴの半分をかじって見せ、それから残りの半分をもう一度オークに向かって差し出した。それでようやくオークは、おそるおそるリンゴに手を伸ばしてきた。リンゴを手にしたオークは、もう一度窺うようにこちらをじっと見つめる。俺はオークの持つリンゴを指さし、続けてそいつの口を指さす。それから、自分の分のリンゴをもう一度ゆっくりかじって見せた。それで通じたらしかった。オークは一口目をおそるおそるかじり、それからむしゃむしゃと残りにかじりついた。

ファーストコンタクトはこれでよし。じゃあ、まずは挨拶をしてみよう。

「こんにちは。私の言葉は分かりますか？」

目の前のオークは何の反応も見せなかった。食べるのをやめて、ただじっとこちらを窺っている。どうやら、こちらの言葉は伝わらなかったらしい。翻訳機能の範囲外なのだろう。想定の範囲内だ。これまでオークの声を何度も聞いているのに、それが翻訳されていなかったんだから当然だろう。基本的に、この翻訳機能は俺を呼び出した人々の言語にしか対応していない。これまでの異世界でも、それ以外の言葉についてはいちいち現地で覚えなくてはならなかった。だから言葉を覚えるのは、いつの間にか俺の得意技の一つになっていた。

だが、今回のオーク語の学習はこれまで以上に難航しそうだった。第一に、今回は言葉を教えてくれる通訳的存在がまったくいない。そして最大の障害は、オーク語の発話と聞き取りが非常に難しいということだ。難しいというか、実質不可能だ。オークたちの声帯は喉ではなく、豚のような鼻の方にあるらしいのだ。つまり彼らは鼻を鳴らして会話している。

まず俺は自分を指さして名前を言った。それから、同じように太郎——ルマから借りてきたオークにつけた仮の名前だ——を指さして、彼の名前を言うように促してみた。何度か繰り返すと、俺が言わんとしていることを悟ってくれたようで、彼は何やら複雑に鼻を鳴らしてくれた。無理やり文字にすると、「フガブールルブブルー」といったところだろうか。聞くたびに違った音に聞こえるのでいまいち自信がない。

次に、ナイフとリンゴを並べて同じように指さしてみた。それぞれ何か鼻を鳴らしてはくれる。なんとなく違うということは分かるが、聞き分けられるかと言われればかなり難しい。

発話に関してはもう言うまでもない。見よう見まねで鼻を鳴らしてみたが、まったく通じている様子がなかった。そもそも鼻の構造が違うのだ。これはどうしようもないだろう。幸いなことに、オークのほうはこちらの発音をある程度聞き分けられるようだった。少なくとも、「ナイフ」と「リンゴ」の違いはすぐに覚えてくれた。

それからしばらくの間、俺は毎日粉挽小屋に通い詰めた。どうせほかにすることもなかった。

太郎はとても物覚えがよかった。もしかしたらこいつは若い個体だったんじゃなかろうか。小柄だったのもそのせいかもしれない。俺にはオークの老若の区別はつかないので推測でしかないけれど。俺はいろいろなものを倉庫に持ち込んで、その名前を太郎に教え込んだ。それから、実際にやって見せることでいくつかの動詞を覚えさせることにも成功した。おかげで「バケツを持ってこい」だとか、「石を三つ並べろ」といった簡単な命令を出すことができるようになった。

ルマに俺の教育成果を見せると彼は目を丸くして驚いていた。ルマの一歩後ろからジョージも興味深げに俺がオークに芸を仕込む様子を見ていた。彼は近頃、粉挽小屋でルマの仕事を手伝っていることが多い。人間不信気味の彼にとって、オーク相手の仕事はほかよりも気楽に感じるらしい。

「か、閣下。私もやってみていいですか?」

ジョージがおそるおそるといった様子で俺に声をかけてきた。最初にここに来たときはオークに近づくことすら嫌がったのに大した進歩だ。

「いいですよ」

俺の許可を受けて、ジョージはやや嬉しそうな顔で、はにかみながら俺の隣にやってきた。最近は、こうして少しずつ笑顔を見せるようになってきている。

「おい! バケツを持ってこい!」

ジョージは大きな声で叫んだが、太郎はきょとんとしたまま動こうとしない。

「聞こえないのか！　バケツを持ってこい！」

もう一度叫んでもやはり動かない。それどころか太郎はジョージの声に少し怯えてしまったように見える。

「もっとゆっくりしゃべってみたらどうです？　聞き取れなかったのかもしれません」

「はい、閣下。バケツ、持って、こい」

今度は猫なで声で、一語ずつ区切りながら指示を出したが、やはり太郎は動かない。

「太郎、バケツ持ってこい」

俺が指示を出すと、太郎はすぐに反応した。先ほどから様子を見守っていたルマが、バケツを持ってこちらに駆けてくるオークを見ながら感心したように言った。

「はぁ、さすがは勇者様ですな。いったいどんな魔法を使ったんで？」

「いや、特に魔法は――」

あ、そうか。翻訳機能か。

翻訳機能によって、ルマやジョージには俺がこの世界の言葉をしゃべっているように聞こえているはずだ。だが、翻訳機能が通じないオークたちには、そのまま日本語が聞こえているんだろう。つまり、オークの太郎が覚えたのはあくまで日本語であって、この世界の人間語ではないのだ。だがこの無学な男にこのことを説明するのは微妙に骨が折れそうだ。ちょっと待て、これは使えるかもしれないぞ。

「オークまで従わせるとは、さすがは神より遣わされた勇者様ですなぁ」

そんな俺を見て、ルマはしきりに感心している。ジョージはやや拗《す》ねた顔だ。だが、俺の目標からすればまだようやく第一歩を踏み出した程度の状況だ。最終的にはオークたちと交渉できるよう、俺の言葉を完全に理解できるオークの通訳を育てなければいけないのだ。現状では、いくつかの名詞と、ごく簡単な動詞を理解できるだけだ。これじゃオークと和平交渉なんて話にもならない。

だけど、今のところは実際に俺が手にしているモノや、身振り手振りで説明できる動作しか教えることができずにいた。今のやり方の限界だ。『国家』だとか『平和』だとかいう言葉も覚えてもらわないといけないが、そういう概念を説明しながら言葉を教える方法なんて、俺にはさっぱり見当がつかない。自分の頭の悪さが恨めしい。

さらにもう一つ問題があった。オークにこちらの言葉を教えることはできたが、俺のほうは奴らの言葉をまったく理解できないのだ。発音がうまく聞き取れないのが最大の問題だ。何度も何度も同じ言葉を繰り返してもらったが、ブーブーフガフガという雑音にしか聞こえないのだ。もしかしたら、オークと俺とでは聞こえている音の周波数帯が違うのかもしれない。そうであれば、リスニングのほうは完全にお手上げだ。こちらの話を理解させることができたとしても、相手の言うことがまったく理解できないんじゃ意味がない。

まあ文字を使えればなんとかなるだろう。だが、こちらの文字を教えるにせよ、相手の文字を教わるにせよ、とりかかれるのはしばらく先になりそうだ。

そんなことを考えていると、こちらに向かってくる蹄《ひづめ》の音が響いてきた。嫌な予感がして顔を上げると、案の定メグだった。例によって腰に剣を吊るした男装の侍女たちを連れている。いい趣味だ。

しかしいったい何の用だろうか？


「ごきげんよう、勇者様」

メグは馬を降りると、俺に向かって騎士の礼をとった。目の前の少女が何者かにようやく気づいたジョージがさっと俺の後ろに隠れた。たぶん面識があったんだろう。だがもう手遅れだ。ジョージを目にした瞬間、メグの目がきらりと光ったのを俺は見た。

「今日はいったい何の用だ」

「ただのご機嫌伺いですよ。それと、勇者様が新しい家臣を雇い入れたと聞きまして」

そう言って、彼女は俺の背後を覗《のぞ》き込んだ。ジョージがその視線を避けようと反対方向に顔をそむける。無駄な抵抗だ。

「初めましてでしょうか？　あなた、お名前は？」

メグはニッコリと微笑《ほほえ》みながらジョージに名前を尋ねた。もちろん、分かっていて聞いているんだろう。

「ジョージだ……です」

ジョージが顔をそむけたままぶっきらぼうに答える。その様子を、何も知らないルマが何か微笑ましいものを見る目で見ていた。だが、この人の善いおっさんが考えているような場面では決してない。

「ほれ、ジョージ。貴き御方がお声がけくださったのだ。ちゃんと目を見て答えんか」

ルマがニヤニヤ笑いながらジョージをフォローするが、それがかえって彼を追い詰めているとは気づかない。

「いいですよ。気にしませんから」

メグはそう言ってから俺の方に向き直った。

「ねぇ、勇者様。彼をどうお使いになるつもりですか？」

「特に考えがあるわけじゃない。当面はトーソンに預けて何か向いた仕事を見つけさせる予定だ」

「ふ〜ん。それなら彼を私にいただけませんか？　私、この子が気に入っちゃいました」

いい笑顔でそんなことを言う彼女に、ルマが目を丸くした。ジョージはすがるように俺を見てくる。

「だめだ」

もちろん俺は却下した。ジョージは渡さん。何に使うか分かったもんじゃない。そんな風にかわいく拗ねて見せてもダメだ。

すると、ルマがこちらに寄ってきて、おそるおそる口を開いた。

「あ、あの、閣下……」

「何ですか？」

「畏れながら申し上げます。ジョージのことでござえますが、こちらの御方が望んでコイツを取り立ててくださるというのなら……このまま粉挽きやら帳面やらの下働きを続けるより、将来が拓《ひら》けるんじゃねぇかと、そう思うんです。それに――」

ルマはチラリとメグの方を見て、それから小声で続けた。

「それに、大変かわいらしいお嬢様ですし……ジョージも嬉しかろうと……」

完全に善意で言っているのは分かる。分かるが――

「勇者様！　彼の言うとおりですよ。絶対悪いようにはしません。きっとジョージ君のためになるようにしますから。大出世させてみせますから！」

「大出世ってどれぐらいだ？　どこぞの盟主ぐらいか？」

「あ〜、だいたいそれぐらいです。男子の本懐ってやつですよね？」

そう言ってメグがニッコリ笑う。こいつがこう言っている以上は絶対ダメだな。

「絶対渡さん」

ジョージを背中にかばいながら、俺はもう一度宣言した。これ以上人間同士でもめごとを起こされてたまるか。

「……残念です」

メグは、悲しげに眉を八の字に下げて、がっくりと肩を落としてみせた。ルマも何か言いたそうにしていたが、結局それ以上は何も言わなかった。背後でジョージがホッと息を吐くのが聞こえた。

「ところで、あれって、そこの粉挽小屋のですよね？　いいんですか？　野放しにしといて」

メグの視線の先にいたのは、バケツを抱えた小柄なオークだ。ふふん、ちょうどいい。俺の訓練の成果をメグにも見せてやろう。

「あれはただのオークではない。俺の言葉を理解し、命令に従うオークだ！」

俺は太郎にリンゴを三つ並べるよう指示を出した。すると太郎は麦の倉庫に向かって駆けだした。そして指示どおり倉庫からリンゴを三つ持ってきて、俺の前に並べて見せた。

「おお、これはすごいですね」

「そうだろうとも」

偉いぞ、腹が減っていても食べ物に手を付けないとは。後でこのリンゴをおやつにやろう。ちなみにレッスンが順調に進んだときには、いつも終わり際にリンゴを渡すことにしている。ところが太郎はそれを自分では食べずに、持ち帰って皆に分けているらしい。こいつは仲間思いの、本当に偉い奴なのだ。

「……で、こいつをどうするつもりなんですか？」

「……」

俺にはオークと和平交渉を行うという遠大な目標がある。だが、和平なんてものをメグが喜ぶとは思えない。むしろ積極的に邪魔してきそうですらある。どう答えたものか悩んでいると、彼女はその沈黙を勘違いしたらしかった。

「……いいですねぇ、勇者様は暇そうで。私なんて盟主代行として寝る間も惜しんで駆けずり回っているのに……」

「それは好きでしてる苦労だろ。もちろん、これはちゃんと目的があってのことだ。遊んでいるわけじゃないぞ」

「その目的とやらを聞かせてください」

メグが納得してくれそうな理屈をなんとか捻《ひね》り出さなくては。

「……手勢の不足を補うため、オークを戦力化できないか研究しているんだ」

いかにもこいつが飛びつきそうな完璧な論理だ。これならば文句はなかろう。

「……あ、あの……手勢が欲しいのでしたら、うちの従士団からいくらかお貸ししましょうか？」

メグがまるでかわいそうな人を見るような目で俺を見てきた。誰もいない家の中で、父親がサボテンに話しかけているのを目撃してしまったときのような顔だ。彼女はオークを訓練したところで戦わせることなんてできっこないと思っているんだろう。俺も思っていない。

「いや、いい」

「そうですか。それはともかく、この間のお祭りのせいで、神殿がピリピリしてるみたいですよ」

詳しく聞いてみると、オークグッズをヴェラルゴンに焼かせたあの騒ぎが、「勇者様がオークの呪いを祓《はら》うための儀式を執り行った」とかで近隣で少し話題になっているらしい。そういえば、堂主も何かそんなことを言っていたような。

「神殿は異教の復活には少しうるさいですからね。そのうえ、オークと仲よくしているなんて噂が広まったら面倒なことになります。こういうのは――」

と言って、メグは太郎をチラリと見る。

「――あまりおおっぴらにやらないほうがいいかもしれません」

俺が何か言い訳をしようと考えていると、頭上を何か巨大な影が横切っていった。見上げると、一頭の竜が館に向けて高度を落としていくのが見えた。

「あ、きっと王都からの使者ですね」

メグが竜を目で追いながら嬉しそうに言う。

「勇者様！　急いで戻りましょう！　私も一緒に聞いてもいいですよね？」

……タイミングがいいな。コイツ、使者が来ることを知ってたんじゃなかろうな。

＊

――北方辺境伯領、伯都にて

伯都は歓喜に沸いていた。辺境伯軍の凱旋式だ。人間どもの軍勢を打ち破った兵士たちが、伯都の大通りを誇らしげに行進していく。

堂々たるその隊列の先頭を進むのは、世にも恐ろしい怪物の三つの生首。そして、それを掲げる五十人余のオーク銃兵。北部の村々を脅かした邪悪なドラゴンの末路と、それをもたらした守備隊の勇士たちだ。泥だらけ、穴だらけ、ツギだらけの粗末な軍服が、かえって歴戦の兵《つわもの》ぶりを見る者に印象付ける。もっともその実態は職業軍と呼ぶには程遠い。定期的な訓練と軍役への参加を条件に、免税特権と北部の荒野を与えられた食い詰め移民の群れが彼らの正体だ。だが、兵士としての練度はともかく、自ら切り拓いた土地を守らんとするその士気が常に高いのは事実だった。

その後には、先の大会戦――無名の荒野で行われたあの戦いにはまだ名前がついていなかった――に参加した無数の兵士たちが続く。

パレードの中ほどには常備連隊が配されていた。彼らは先を行くにわか兵士らと違い、一糸乱れぬ隊列で整然と進んでいく。常備連隊は、辺境伯軍の中核をなす精鋭部隊だ。大会戦に際しては、人間どもの白備えの騎馬隊の突撃を粉砕し辺境伯軍の勝利を決定的なものにしていた。そんな精兵たちが、戦利品――討ち取った人間たちからはぎ取った兜《かぶと》の山――を満載した山車《だし》とともに姿を現すと、民衆はより一層の歓声を浴びせた。

だが、本当のクライマックスはそのすぐ後にあった。山車のすぐ後に、辺境伯軍〝総司令官〟が乗る白い輿《こし》と、頑丈な檻《おり》の乗った荷車が続く。檻の中には一匹の人間。華麗な装飾が施されたその装備と、精兵たちに守られていたことから、高貴な身分であろうと推測されている。常備連隊の中でも、さらに選《え》り抜《ぬ》きの兵士たちに守られたこの捕虜こそが、このパレードの目玉だった。オークの群衆が、〝総司令官〟と高貴な捕虜を、怒号と称賛が入り混じった熱狂的な大歓声で迎えた。

その歓声は、遠く市壁の外、辺境伯軍臨時駐屯地まで響いていた。

〈黒犬〉はそこで、市壁の内側から響く歓声を歯噛みしながら聞いていた。まったく、あの総司令官閣下は、あの時戦場にすらいなかったではないか。だいたい、今度の戦役を勝利と呼ぶこと自体が片腹痛かった。

確かに会戦では敵を打ち破り、表向きは勝利したように見える。だが、当初の戦略目標であった谷の突破を果たせなかったばかりか、竜による空襲で多くの村々が焼き払われた。難民化して都市に流れ込んだ農民たちは、もはや元の農地に進んで戻りはしないだろう。何しろ、空襲はこれまで比較的安全とされていた地域にも甚大な被害をもたらしていた。あの恐怖は、容易にはぬぐえまい。一部では戦火を怖れて、難を逃れた村までもが放棄されてしまっているのだ。避難民の数からいえばそちらのほうが多いかもしれない。となると、それらの村々では焼き払われた秋の収穫はもとより、春の収穫もあてにできないことになる。北方辺境伯領の来季の収穫は、大幅な減収は免れない。

食料不足による治安悪化を回避すべく、伯都では大規模な配給が行われていた。辺境伯軍の備蓄庫までも、そのために開放せざるを得ない状況だ。当分は大規模な軍事行動は起こせないだろう。

しかし、かりそめの勝利とはいえ、なぜその立て役者たる〈黒犬〉がこんな所にいるのか。それは、彼と、彼が率いる狼鷲《おおかみわし》兵が、ほかの辺境部族の傭兵《ようへい》隊ともども凱旋パレードへの参加を拒否されたためだった。言うまでもなく、例のドラ息子の手配りだった。「蛮族どもを伯都の市壁の内に入れるわけにはいかない」というのが表向きの理由だ。建前にするにしてもあまりにひどい理由だった。実態はともかく、帝国法はすべての諸民族が皇帝の下に平等であると謳《うた》っている。辺境伯が聞いたなら、いくら息子に甘いあの男でも総司令官の息子《ドラ》の尻を蹴り飛ばしていただろう。

だが、その辺境伯はしばらく前から病に伏せっているという。その病状はよほど悪いとの噂が、市壁の外にまで聞こえてくるほどだ。いよいよ本格的に死期が迫っている、と囁く者もいる。噂を聞いて、〈黒犬〉は暗鬱たる気持ちになった。

〈黒犬〉は、彼の部族の多くの子供たちがそうであるように、遠い祖先たちの英雄譚《たん》を聞いて育った。かつて、狼鷲に跨《またが》った彼の祖先が中原諸国を荒らしまわっていた時代があったという。中には、平野の諸国を切り取って、その支配者となった者もいたのだ。〈黒犬〉がそんな時代の英雄たちに憧れたのは当然であったろう。

もっとも、現代ではそんなものは完全に夢物語だ。彼らの部族が帝国に膝を屈してからすでに数百年が経っている。自らの王国を切り取るなどという大それた夢はとうに忘れたが、それでも〈黒犬〉に芽生えた野心は消えなかった。武勇をもって名を成したいという欲求が残った。戦場で名を上げるというのは、あり得ない話ではなかった。彼の部族にはそうした男が少なからずいた。彼の大叔父はその最たる人物だ。

大叔父は、先の内乱で先代の皇帝陛下——当時はまだ第三皇子だった——に傭兵として従い、最後には皇帝陛下の股肱《ここう》の臣《しん》に名を連ね、帝国伯爵にして〈近衛《このえ》狼鷲兵連隊〉の連隊長という名誉ある地位に納まった。辺境部族出身でありながら実力でその地位を切り拓いた、まさに生きた伝説ともいうべき人物だった。

〈黒犬〉は大叔父のようになりたかった。だが、大叔父に憧れて仲間と故郷を飛び出したときには、戦乱の時代はすでに終わりを告げつつあった。彼は各地を転々としながら内乱の残党や匪賊《ひぞく》の討伐に従事した。当初は十名ほどの仲間と結成した彼の小さな群れも、今では狼鷲兵百五十騎を抱える一端《いっぱし》の傭兵隊に成長した。だが、彼が望むような大きな戦はもはや起こりようがなかった。内乱の残滓《ざんし》も、ほぼ狩り尽くされようとしていた。匪賊どもも、大規模な集団はもう存在しない。帝国からは、彼のような傭兵の行き場は失われつつあった。そんな彼が唯一の活路を見出《みいだ》したのが、この北方辺境伯領だ。邪悪な〈毛なし猿〉どもが跋扈《ばっこ》するこの未開拓の荒野で、ようやく彼は地歩を得ることができたのだった。

人間相手に数々の戦功を積み重ね、辺境伯とその幕僚らの信任も得た。そして谷へ向けた大規模遠征の際には、辺境伯軍の事実上の指揮権を任されるまでに至った。彼はこの北の地でその夢をかなえようとしていた。だが、その地位ももはや風前《ふうぜん》の灯《ともしび》だ。そもそも、これまでの厚遇ぶりが異常だったともいえる。

あのドラ息子は、現辺境伯のようには〈黒犬〉を重く用いないだろう。〈黒犬〉はドラ息子に嫌われている。あれは手柄を立てた配下を公正に扱うことができない。器が小さすぎるのだ。それでも困ったことに、あいつは高貴な血筋に連なっている。だからといって、この地を離れていくあてもなかった。東西の国境はおおむね安定しており、各地の治安も良好だ。人間相手の小競り合いで武功を上げてはいるが、今さら中央で役職を得るには物足りない。大きな手柄となり得た先の大会戦の勝利は、中央ではあのドラ息子の功績ということになっている。

なにより彼の傭兵隊は去年に傭兵契約を更新したばかりだ。辺境伯の容体がこれほど早く悪化するとは思っていなかったのだ。期限内の契約破棄は、傭兵隊長としての信用を致命的に傷つける。つまり、最低でもあと五年はあのドラ息子の下で働かねばならない。何もかも放り捨てて、故郷に帰ってしまおうか。幸い、小さな農場を買い取る程度の蓄えはある。妻を娶《めと》り、のんびり畑を耕す暮らし。暖炉の前で、子供や孫たちにかつての冒険を聞かせながら余生を送るのだ。

だがそれはもう無理だと、〈黒犬〉には分かっていた。彼はすでに、生と死の狭間《はざま》にある甘美な蜜の味を知ってしまっていた。今さらそのような暮らしに耐えられるわけがない。現状は八方塞がりだった。このままこの地で、ドラ息子に使い潰されていく以外に道はないのだろうか？

〈黒犬〉が己の将来について悲観的な考えを巡らせていると、辺境伯からの使者が来た。辺境伯の側近の一人で、〈黒犬〉もよく見知った男だ。

『閣下が意識を取り戻した。貴殿を呼んでいるので急ぎ出頭するように』

彼はそう告げると、すぐに〈黒犬〉に背を向け、自分についてくるよう促した。

第四章　学僧と儀式

小さな塔の前に、神官たちが長蛇の列をなしていた。〈竜の顎門《あぎと》〉の西の隅っこにある、さほど高くもない見張り塔の一つだ。高さは七メートルほどだろうか。直径だっておそらく六メートルもないだろう。その中に、大勢の神官たちがゆっくりとのみ込まれていく。

「すごいですねぇ。登ってった人たちはどこに消えたんですか？」

その様子を見てメグは目を丸くした。すでに千人以上が塔の階段を上がっていったはずだが、誰も出てこない。それどころか、なおもこの小さな塔が神官たちをのみ込み続けているのだ。

「〈大魔法陣の間〉は地下にあるが、そこへの入り口はあの塔の頂上にあるんだ」

あの塔の最上階には、奇妙な彫像がある。それを持ち上げると隠し階段が現れるのだと、俺はメグに教えてやった。俺がこの世界で最初に見たのが、その階段を降りた先にある〈大魔法陣の間〉だ。俺はそこで召喚されたのだ。

「なるほど。地下への入り口をあえて高いところに隠してるんですね」

メグは感心したように塔を見上げた。

先日俺のところに来た竜騎士は、やはり陛下からの使者だった。オーク軍の砲撃で粉砕された〈竜の顎門〉の魔法障壁を再起動させる準備が整ったから、王国の軍事責任者として儀式を監督してこい、という命令だった。

そうして俺はここにいる。ではなぜメグまでいるのか。

俺と一緒に使者からの伝言を聞いたコイツが、私も儀式を見たいと駄々をこねたからだ。最初は断った。面倒だからだ。

＊

「儀式に呼ばれたのは俺だけだ。俺一人で行くよ」

そう言った俺に、彼女は自分を従者として連れていくよう主張した。

「だいたい、王国元帥ともあろう御方が従者も連れずにうろつくなんてよくないですよ！」

「そうなのか？　リーゲル殿もよく一人で出歩いてるぞ」

竜飼いを連れて飛ぶこともあるが、竜飼いはあくまで竜飼いだ。従者ではない。竜から離れるわけにはいかないのだ。

「竜騎士は特殊なんです。平民出身が多いですし、そもそも竜で移動しますからね。でも、普通は従者の一人も連れ歩くものなんですよ」

「俺だって竜で移動するんだから、従者なしでもいいじゃないか」

「ダメです！　王国元帥ですよ！　国王の代理人ですよ！　今回は、前みたいにちょっと紛争に顔を突っ込みに行くのとは違うんです！」

「だからって馬で行くなんて面倒だろ」

「そこで私です！　竜にだって乗れますし、姫殿下に仕えていましたから騎士の従者としての作法もばっちりです。〈竜の顎門〉には竜飼いが常駐していますから、今回は連れていく必要はありません。代わりに私を従者として乗せていきましょう！」

彼女は胸を張って言った。立派なそれを見て俺の心が少しだけ揺らぐ。

「……今のお前は盟主代行だ。今さら従者って身分でもないだろう」

「そんなことはないですよ。偉い人の従者には、それなりの家柄の人物がつくものです。お父様だって先王陛下のお酌係をしたって自慢してたぐらいですし」

それからメグは拗ねたり泣いたり笑ったり手足をバタバタさせたり、散々に俺の前でごねまわった。とうとう俺も根負けし、彼女を従者として竜の後ろに乗せることに同意させられたのだった。

あくまで渋々と、だ。何かの誘惑に負けたわけではない。

＊

「……ホント、お前は自由でいいよなぁ」

神官たちの行列を眺めながら、ふとそんな言葉が口をついて出た。

「私がですか？」

メグがきょとんとした顔でこちらを見る。

「あぁ、そうだ」

「……よく分かりません。女って結構不便ですよ？　私には勇者様のほうがよっぽど自由だと思いますけど」

「俺が自由に見えるのは、この世界に何も持っていないからだ。時間が経てば義理やしがらみも増えて、だんだんと身動きが取りづらくなっていく」

そういえば、スレットともこんな話をしたな。

「だったら私も同じですよ。しきたりやら因習やら法やら、煩わしいことばっかりです。女ってだけで、ちょっと軍勢集めるだけでも一苦労ですからね」

メグは拗ねたように口をとがらせる。つまり、こういうところなのだ。

「お前は常識やしきたりを煩わしいと思うことはあっても、それに縛られたりはしないだろう。どうにかしてそれを出し抜こうとする。場合によっては公然と無視しかねない」

「人を性格破綻者みたいに言わないでくださいよ」

メグはむくれた。そう、ある種の性格破綻者ではある。だが——

「そういうのを自由っていうんだ。決まり事を前に諦めない奴は、たまたま決まり事の緩いところにいるだけの奴より、本質的には自由だと俺は思うよ」

人間は飛べない。重力に引かれる以上、当たり前の話だ。人には変えようのない決まり事だ。だが、それでも諦めなかった奴らだけが——魔法にせよ、機械にせよ——空を飛ぶ方法を生み出せるのだ。

「そういうのは、気の持ちよう一つだと思いますけどね。実際に鎖で縛られているわけでもなし。これを自由だって言うなら、勇者様だって自由に生きればいいじゃないですか。明日といわず、今すぐにだって自由になれますよ」

「ごもっとも。だけど俺には無理だな」

まったくもって正論だ。だが、そうはいかないから俺やスレットのような常識人は困っているのだ。だいたい、誰も彼もが自由に生きたら世の中は大変なことになる。

「てっきり勇者様は、私と同じ種類の人間だとばかり思ってましたが」

「どういう意味だ」

「どういう意味でしょうね？」

メグはかわいらしく首をかしげて見せた。俺はため息をつく。

「…………」

「…………」

神官の列はまだまだ続いている。何しろ、あの塔の階段は狭い。

「そういえば、勇者様はここは違う世界から来られたんですよね？」

「あぁ、そうだ」

「どんな世界なんですか？」

「ここよりもずっと文明が発達していて、快適さは比較にならないよ。つまみ一つ捻るだけで、いくらでもきれいで安全な水が飲めるし、部屋の温度だって指先一つで温かくも涼しくもできる」

「ずいぶんいいところから来たんですね」

メグがひどく羨ましそうな顔をした。

「あぁ、そのうえ平和だ」

まあ、少なくとも俺の生まれた国は。

「やっぱり私は、自分が生まれた世界が一番ですね」

だが、平和と聞いてメグは興味をなくしたらしい。

「勇者様は、早く帰りたいんじゃないんですか？」

もちろん、と即答しようとして俺は一瞬だけ言葉に詰まった。

「……あぁ、そうだな」

「妙な間がありましたね。やっぱり、平和じゃ物足りませんか」

メグが嬉しそうに言う。

「人を戦争中毒者みたいに言うな」

「違うんですか？」

「違う」

「だったら、ほかにここにいたがる理由なんてないじゃないですか。勇者様はここよりもずっと快適な世界で、英雄暮らしなわけですよね？」

「元の世界じゃ、別に英雄扱いされてはいない」

「え？　たくさんの世界を救ってるのにですか？」

どうやら、メグは俺の元の世界での立場を完全に誤解しているようだった。

「元の世界では、俺が異世界を救ってきたなんて言っても誰も信じちゃくれないよ。証拠もなければ、目撃者だっていないんだから。この世界でだって、失踪していた奴がある日突然戻ってきて、『俺は異世界帰りだ！』なんて言い出したら狂人扱いが関の山だろ」

「……じゃあ、どうやって暮らしてるんですか？」

「仕事もせずに、親のスネをかじりながらブラブラしてる」

「え～……」

「好きで無職でいるわけじゃないぞ。ちょくちょく異世界に呼び出されるせいで、まともな仕事に就けないだけだ」

誰が好き好んで学歴も職歴もない失踪癖持ちなんか雇いたがるものか。正直、俺にとって元の世界は、快適ではあってもいい居心地のいいところじゃない。

異世界じゃ竜だって飛ばせる。古代の重武装ゴーレムも操縦できた。伝説の武具だって自由に使えた。だけど、元の世界に戻ってしまえば駐車場の管理の仕事すら任せてもらえない。靴磨きの子供がいたっていい。できるならば異世界にとどまりたい。それが俺の本音だ。だけど、ダメなのだ。世界を救い終われば俺は強制送還だ。救わなければ、たぶんそのままデッドエンドだ。

心中してもいいと思えるほどの世界もないではなかったが、そういう世界こそ救いたいと思うのが人情だ。幸いにも、今のところ世界を救い損ねたことはない。だいたい、救い終わった世界に居残ったところで――

「勇者様ほどの武技の持ち主でもですか」

メグの質問で、おかしな方向に行きかけていた思考が中断した。

「平和な世界だからな。人殺しがうまくても就職の役には立たない。まったく必要とされていないわけじゃないけど、そういうところじゃ失踪癖の持ち主はお呼びじゃないんだ」

暴力を必要としている真っ当な組織は、どこも規則にうるさい。治安を守るのが仕事なんだから当然だ。かといって、真っ当じゃない暴力組織に所属する気は毛頭ない。

「……勇者様も大変なんですね」

メグは同情するような調子で言った。分かってくれたらしい。

「こればっかりは、気の持ちようじゃどうにもならない」

俺は天を仰いだ。

いつの間にか、神官たちの列もずいぶん短くなっていた。だいぶしゃべりすぎた気がする。それも、メグなんかを相手にだ。メグの俺への人物評が妙に当たっているのにも腹が立つ。俺が、あの平和な世界で生き難《にく》さを感じているのも確かなのだ。

仕事に就けず、居場所もないからというだけじゃない。ありていに言ってしまえば、退屈だった。元の世界では、何をしても楽しくないのだ。語弊があるか。うまいものを食えばうまいと思うし、面白いアニメを見れば面白いとは思う。でも、退屈しのぎにはなるが、それだけなのだ。

昔はこうじゃなかった。少なくとも、最初の冒険から帰る前は違った。もっとささやかな、日常の細々としたことの中に、喜びや楽しみや悲しみといった様々な感情の浮き沈みがあった記憶がある。今はもう違う。

　このことをはっきりと自覚したのは、確か四つ目か五つ目の異世界から帰還した後だ。たぶん、異世界で危険に身をさらし続けたおかげで、脳の中のいろいろなものが焼き切れてしまったんだと思う。危険の中でだけ、生きているという実感を得られた。危険であればあるほどよかった。死にたいわけじゃない。俺は生きていたいのだ。ただ、生きているという実感が、危険と隣り合わせでしか得られないというだけだ。

　今では俺が生きていると感じられるのは、異世界にいるときだけだった。異世界はいい。俺が送り込まれる先は、どこだって危険と冒険に満ちている。一見安全な場所ですらどこかしら滅びの気配が漂っていて、程よい緊張感を与えてくれる。困ったことに、俺を異世界に送り込んでいる何者かは、俺にとって諸悪の根源であると同時に、唯一の救いにもなってしまっていた。

　もちろんメグにこんな話をするつもりはない。話せば絶対に調子に乗るに違いないからだ。

　俺はコイツとは違う。少なくとも、俺は自分のために積極的に戦を起こそうなんて思っちゃいない。俺はあくまで、勇者として戦う。戦うことだけが生き甲斐《がい》のこんな身の上ではあっても、それでも俺は人で居たかった。世界を、あるいは誰かを救うために戦う。それが俺が人で居続けるための最後の一線、決して欠かしてはいけない言い訳だった。

　俺が道を踏み外せばあの娘が悲しむような気がするのだ。もちろん、そんなことがあるわけがない。いくらあの娘だって、世界に隔てられてしまえば俺のことなんて知りようがないはずだ。

「ねぇ、勇者様。そろそろ私たちも行きましょう」

顔を上げてみれば、ちょうど最後の神官が塔の中に吸い込まれていくところだった。

「……あぁ、そうだな」

俺たちは、神官たちの後について〈大魔法陣の間〉へと向かった。


〈大魔法陣の間〉は、〈竜の顎門〉の地下にある、野球場ほどの広大な空間だ。その広大な空間も、数千人の神官たちがひしめき合っていてはさすがに狭っ苦しく感じてしまう。俺が召喚されたときには、その空間一杯に描かれた複雑な魔法陣から放たれた青白い光で満ちていた。今はその光は失われ、代わって神官たちが持ち込んだランタンが点々と彼らの足元を照らしている。

「いったい神官たちは何をしてるんでしょうね」

忙しく動き回っている神官たちを眺めながら、メグが退屈そうに言った。自分で儀式を見たいと言い出しておきながらこの態度である。とはいえ、見ていて退屈なのは確かだった。

少なくとも儀式と聞いて想像していたものとは違っていた。神を讃《たた》える歌を歌うでもなく、舞があるわけでもない。もちろん生贄もない。神官たちは、あちこちで小さな円陣を組んでひざまずき、床に手をついて何事かをぶつぶつ呟《つぶや》いているだけだ。時折、何人かの神官がそれぞれの円陣から抜け出してどこかへ立ち去っていく。そうすると、周囲を所在なさげにうろうろしていたほかの神官がその隙間に入り込み、代わってまた何かぶつぶつ呟き始める。立ち去っていく神官たちの多くが足元をふらつかせているところから察するに、どうやら彼らは魔法陣に向かって魔力を放出しているらしかった。

「勇者様、よければご説明差し上げましょうか？」

突然の声に振り向くと、そこには生真面目そうな顔をした壮年の神官が立っていた。背後に若い神官二人ばかりを従えている。どうやらそれなりの地位にある人物らしい。

「はい、お願いします。ですがその前にお名前を伺ってもよろしいでしょうか？」

「おぉ、申し遅れました。私は神殿にて学僧を束ねております、ウォリオンと申します。此度《こたび》の儀式の責任者を務めさせていただいております」

学僧というのは、神殿に所属して様々な研究を行っている神官たちのことだと聞いている。俺の世界風に言えば、国立研究所の所長といったところだろうか？

「今回の儀式は、学僧の皆様方の長年の研究の賜物《たまもの》と聞き及んでいます。そのような方に解説していただけるとは光栄です。それで、今あの神官たちは何をしているんでしょうか？」

学僧の長は、生真面目な顔で重々しく答えてくれた。

「魔法陣に魔力を流し込んでいます」

それは見れば分かる。

「え？　それだけですか？」

控えていたメグが突っ込んだ。思わず口をついて出てしまったのだろう。主人を差し置いて会話に割り込むとは従者としての自覚が足りないんじゃなかろうか。でも気持ちは分かる。

「それだけです。お嬢さん」

メグの無礼極まりないであろうツッコミに、ウォリオンは穏やかに答えた。彼はメグが何者か知らないのだろう。知っていたら、モールスハルツの盟主代行をお嬢さん呼ばわりはすまい。

「ただそれだけのことのように思われるかもしれませんが、そのことを突き止めるために私どもはずいぶんと時間をかけなくてはならなかったのですよ」

そう言って彼はメグに向かって微笑んだ。しかし、年頃の少女に男装させて従者として連れまわす俺を、周囲はいったいどんな目で見ているんだろう？

「当初、私どもはこの魔法陣の機能についてまったく知識がありませんでした。今でも描かれた模様の大部分が何を意味しているのか分かっていません。魔力をどこから注げばいいかすら、つい最近まで分かっていなかったのですよ」

そう言って、彼は自分の足元を示した。

「例えばこの模様も、この大魔法陣の実に二百四十三ヵ所に繰り返し描かれておるのですが、それすら何の機能を担っているのか不明なままなのです。それでも、曲がりなりにもこうして儀式を行うことが可能になったのは、先代の学僧の長である聖マグオス――いえ、この名を呼ぶことは今や適切ではありませんな。かの御方が〈古の都〉よりもたらされた書物の部分的な解読に成功したためなのです。むろん、その書物とて完全に解読できているわけではありません。かの御方は図説のある個所《かしょ》について、自らの持つ魔法陣の知識と丁寧なすり合わせを行い地脈からの魔力をくみ出す方法の基本原理について推論を得ることに成功したのです。それによれば――」

ウォリオンは生真面目な表情をまったく崩さずにいたが、その口調には徐々に熱がこもり始めていた。きっとこれは話しだすと止まらなくなるパターンだ。

「なるほど。ところで今行われている作業についてお聞きしてもよろしいでしょうか？」

俺は彼が息継ぎをした隙を見て強引に割り込んだ。

「おぉ、私としたことが。ご質問を伺いましょう」

「この巨大魔法陣は、地下の巨大な魔力を引き出して稼働していたと聞いています。どうしてあんなに大勢の神官が魔力を注ぐ必要があるんでしょう？」

「よい質問ですな。まさに、そのことについてお話ししようとしていたのですよ」

彼は話の腰を折られたことに腹を立ててはいないようだった。

「時に、勇者様は〈聖ボーリガンの盃《さかずき》〉と呼ばれるものをご存じですかな？」

「いいえ、この世界に来てまだ間がないもので」

「なるほど。そちらのお嬢さんはご存じですね？」

彼の生真面目な顔が、心なしか少し緩んでいるような気がする。孫娘を見るような目だ。見た目に騙されてはいけないぞ、と俺は心の中で彼に警告する。メグは一見するとおとなしそうな気立てのよいお嬢さんに見えるかもしれないが、決して油断してはならない相手なのだ。

「はい。年初めには必ず使いますから」

メグの答えを聞いてウォリオンは満足げにうなずいた。俺の口にも出さなければ顔にも出さない警告に気づくわけもなく、彼は解説を続ける。

「かの盃は、十代前の学僧の長であった聖ボーリガンが、欲深者を戒め、教訓を与えるために発案したと伝えられております。どのようなものかは実物を見ていただくのが早いでしょう」

ウォリオンが振り向いて手招きすると、二人の神官が奇妙な盃と、水差しを持ってこちらに寄ってきた。説明のために事前に用意していたものらしい。

「これが〈聖ボーリガンの盃〉でございます。どうぞ手に取ってよくご覧ください」

変な形の底の深い盃だ。どういうわけか盃の真ん中からニョッキリと柱が突き出ていて、その天辺《てっぺん》には精巧な竜の頭が彫り込まれている。裏返してみると柱の裏側に穴が開いていて、どうやら柱の中に管が通っているようだ。見たところ、魔力の流れは感じられない。ただの変な形の盃だ。コイツでどうやって欲深者を戒めるというんだろう。

「どうぞ勇者様。欲深な酒飲みになったつもりで、その盃にこれを注いでみてください」

今度は水差しが差し出された。こちらは何の変哲もない水差しだ。特に仕掛けがあるようには見えない。酒の匂いはまったくしない。ただの水のようだが、酒のつもりで注げということだろう。

おそるおそる盃に半分ほど水を注ぐ。水が盃にたまっていく。特に何かが起きるわけではない。

「あなたは欲深な酒飲みです。それでは満足できないでしょう？」

そう言ってウォリオンはさらに水を注ぐよう促した。それを受けて俺がさらに水差しを傾けると、突然盃の裏側から水が流れ始めた。水を入れすぎたのかと注ぐ手を止めても、水の流れは止まらない。あっという間に盃は空っぽになってしまった。

「面白いでしょう？　欲をかいて盃に酒を注ぎすぎると、かえって中身をすべて失ってしまうというわけです」

改めて確認すると、盃から突き出た柱の根本にも小さな穴が開いている。なるほど、これはサイフォンの原理を応用した仕掛けだな。そういえば、これと似たようなものを元の世界でも見たことがあった。確か、教訓茶碗《ちゃわん》とか十分杯とか呼ばれているやつだ。

「柱の根元の穴から柱の先端に向かって管が伸び、そこで折り返して最後には盃の底の穴に繋がっているわけですか」

「さすが勇者様は鋭い目をお持ちでいらっしゃる。いかにもそのとおりです。管の中が水で満たされると、水は自身の重さによって管を伝って押し出されてしまうのです」

なるほど、仕組みは分かった。しかし、水自身の重みとな？　俺が学校で習ったときは、大気圧のせいだと聞いた気がする。彼らの認識が違うのか、それともこの世界では違う仕組みなのか。

「これは水だけの性質ではございません。鎖などによっても同じような現象が起きます。鎖を高い台の上に置き、一方の端をさらに高く持ち上げます。それから、鎖を高く持ち上げたまま、その端を引っ張って台より下に垂らしますと、台の上の鎖は持ち上げられた高さまで登った後に、先の端に従って下に落ちていきます。これと同じことが、魔力でも起きるのです。この場合、高さとは物理的な高さのことではなく、魔力圧のことを指すのですが」

メグはこの説明を聞いてもいまいちピンとこないようだ。話を聞きながら盛んに首を捻っている。俺もよく分からなかったが、まぁいいや。言いたいことはなんとなく分かった。俺の頭で難しいことを理解しようというのが間違いなのだ。

「つまり、今魔力を注いでいるのは、その管の中を魔力で満たすためなんですね？」

「さすが勇者様。ご理解が早くて助かります」

要するに、注がれた魔力が一定の閾値《いきち》を超えると、地脈の魔力が魔法陣に流れ込み始めるということらしい。珍しく元世界の知識が役に立ったぞ。

「ところで、どれぐらいの魔力を込めればこの魔法陣は再稼働させられるんですか？」

「そうですね。思った以上に神官を集めることができましたから……」

そう言って、彼はしばし考え込んだ。

「……三ヵ月もあれば、まぁ、雪解けまでにはどうにかなるでしょう」

青い顔をした一人の神官が、足をふらつかせながら立ち上がり、よろよろと休憩所へと立ち去っていった。あいた場所にはすぐに代わりの神官が入り込み、魔力を込め始める。

三ヵ月か。神官たちにとってはつらい冬になりそうだ。

*

人類領域へのオークの侵攻を阻む巨大要塞〈竜の顎門〉。その要塞に対するあらゆる投射兵器を無効化する巨大魔法障壁を再起動させるための儀式が開始された。儀式とはいっても、大勢の神官がひたすら交代で魔力を込め続けるだけの作業だ。それが推定で三ヵ月以上続けられるという。おまけに、どうやら俺はその間ずっとこの要塞にとどまらなければならないらしい。王国元帥という肩書を持つ俺は、この国の軍事責任者としてこの儀式を監督しなければならないのだそうだ。

監督といっても、この場に何か俺がするべき仕事があるわけではない。儀式そのものの手順の決定や、神官たちの管理はすべて神殿側がやっている。することといえば、たまに〈大魔法陣の間〉に降りて神官たちの作業を見て回るぐらいだ。神官たちの動きは単調だ。ひたすら魔法陣に魔力を込め、体力がなくなったらほかの者と交代する。それだけだ。

正直、見ていて面白いもんじゃない。蟻《あり》の巣を眺めているほうがよっぽど楽しい。実際そうしてしまおうと思って蟻の巣を探してみたが、季節のせいなのか、そもそもこの世界には蟻がいないのか、〈竜の顎門〉の周辺で蟻の巣を見つけることはできなかった。

メグは最初の一日で飽きて、さっさと自分の領地に帰っていった。俺の従者役をしてくれるという話はどうなったのだろうか？　自分から儀式が見たいと言って無理やりついてきたくせに、本当に自由極まりない。まぁ、三ヵ月もこんなのが続くというのはさすがに予想外だったんだろう。あれでも一応、盟主代行というそれなりに忙しい立場だ。あまり長く自分の領地をあけるわけにもいくまい。

メグは当然のように俺に自分の領地まで送らせた。竜で往復一日。言いたいこともないではなかったが、気晴らしにはなったのでよしとする。次の日から、あいた時間にヴェラルゴンで空中散歩を楽しむことにした。空を駆けまわるのは楽しかったが、三日ほどで竜飼いたちにもうやめてくれと泣きつかれた。

彼らが言うには、竜にとって冬とは本来冬眠するべき季節であるらしい。飼いならされた竜は、それでも竜騎士に従う。だが、ほかの竜ならいざ知らず、あの気性の荒いヴェラルゴンだ。それを俺がたたき起こして無理やり飛ばすものだから、あの白竜はひどく不機嫌になるのだという。

「勇者様がいなくなったとたん、我々竜飼いに当たり散らすのです。昨晩はとうとう若い竜飼いの一人が怪我《けが》をしてしまいました。どうか、用もなくあの竜を飛ばすのはやめていただけないでしょうか」

怪我人まで出たとあっては要請に従うほかはない。しかたがないので、〈竜の顎門〉を探検して回ることにした。

この要塞の構造はいたって単純だ。

まずは谷を塞ぎ、雪解け水をため込む巨大な城壁が一枚。この城壁の南面には、城壁の西の端から東の端へ向かって昇っていく緩やかなスロープが設けられている。その城壁に大小の塔が九基。いくつかは城壁から張り出すように設けられており、スロープを登ってくる敵軍に真上から矢石を浴びせることができる。その塔の中でも最も大きいのが城壁の中央付近にある主塔で、ここは兵舎も兼ねている。巨大な水龍が彫り込まれた水門もこの主塔の真下にある。次いで大きな塔が、東の端にある通称〈門塔〉だ。先に説明したスロープの東側の終点が、この〈門塔〉へ繋がっている。

この塔に設けられた門こそが、外界と人類世界を繋ぐ出入り口だ。最も厳重に守られているのもこの塔で、魔法障壁が機能していれば、塔の各階に設けられた無数の矢狭間からスロープを登ってきた敵に一方的に矢の雨を降らせることができる。〈門塔〉の前は広場になっており、討伐に出かける軍勢はここで陣容を整えてから門をくぐるのだそうだ。

この要塞は外側に向けては極めて厳重な守りが敷かれている一方で、内側に対してはまったくと言っていいほど無防備だった。北側――つまり人類側に向けては、簡単な柵すら設けられていないのだ。竜騎士のための竜舎は要塞から少し離れた所に建てられているが、こちらの入り口も同様。もっとも、竜を盗みに入る物好きな盗賊はいないだろう。ついでに、どの塔の矢狭間も、内側に向けて空いているものはほとんどない。これは意図的なものに違いなかった。つまりここは、そういう性質の場所なのだろう。

そして、あちこち探検してみると意外なことが分かった。なんと、この要塞のあちこちでオークが使役されているのだ。


最初にオークを見かけたのは、〈門塔〉の内部を探検していたときだった。オークたちは、例によって部屋の真ん中に建てられたぶっとい柱と、そこから伸びる横棒に鎖で繋がれていた。これもきっと、オークたちが鞭でシバかれながらグルグル回す装置に違いなかった。

「ここは〈門塔〉の動力室です」

と若い兵士が教えてくれた。念のためエベルトに探検の許可を申し出た際に、彼がこの兵士を案内係につけてくれたのだ。

「動力室、ですか」

「はい、そこの柱を回すと、鎖が巻き上げられて正門の落とし格子が持ち上がるわけです。同じ部屋が反対側にもう一ヵ所あります」

この親切な青年は、何を聞いても丁寧に答えてくれる。なるほど、ここのオークたちはそのための動力源というわけか。

「しかし、こういう場所でオークを動力に使うのは危険じゃないですか？」

戦闘中に勝手に門を開けられたら大変なことになりそうだ。俺の問いに、オークの番をしていた老兵士が笑って答えた。

「確かに連中も、戦場では勇猛でしたがね。ここにいる奴らはもうすっかり飼いならされとります。かわいいもんですよ」

そう言って彼は、部屋の隅の箱からリンゴを一つ取り出すと、オークたちに向かって放り投げた。リンゴは手前の方にいた二匹のオークのちょうど中間に転がった。すぐにオークたちがリンゴを巡って取っ組み合いを始めた。

「おい、若いの。どっちに賭ける？」

老兵士が、案内係の若い兵士に声をかけた。

「じゃあ、右側に」

若い兵士は少し大柄なオークを指して答えた。勝負はすぐについた。若い兵士はちょっと言いながら老兵士にコインを一枚放った。

「見てのとおりでさぁ、勇者様。こいつらはただの獣です。それにこの部屋からじゃ、外の様子は見えも聞こえもしません。この間、奴らが攻めてきたときにだって何も起こりませんでした。大丈夫ですよ」

老兵士がコインをポケットに納めながら言ったところに、案内係が補足してくれた。

「普段は門の鎖はこの装置には繋がれていないので、仮にこいつらが勝手にこれを回してもどうにもなりません。緊急閉鎖時には、その鎖を切り離して落とし格子を落下させることもできます。それでは、次は機械室の方をお見せしましょう」

何やらうまいことできているらしい。同じようなオークたちが、水門の開閉や井戸水のくみ上げといったところで使われているようだった。うちの領地のオークたちと比べるとだいぶ待遇がよいらしく、なんと個室まで与えられていた。といっても、壁内にしつらえられた鉄格子付きの地下牢だ。室内は湿っぽく日も当たらない。それでも、二十四近くがまとめて雑魚寝しているうちのオーク小屋よりは落ち着けそうだった。これを参考にうちのオークたちの待遇も改善したほうがいいかもしれない。

ここにオークを連れ込むのが禁忌でないのなら、〈カダーンの丘〉からオークの太郎を呼び寄せることもできるんじゃなかろうか。この要塞だって、でかいだけでそれほど見るところがあるわけじゃない。太郎相手の語学レッスンならばだいぶ暇が潰せるはずだ。

そういえば、語学レッスンで一つ思い出したことがあった。学僧たちの間で、オークの言葉について研究をしている者がいないか聞こうと思っていたんだった。ちょうどいいことに、今ここには学僧の長であるウォリオンがいて、一日に一度儀式の様子を見て回る際に必ず顔を合わせるのだ。その時にでも、彼に尋ねてみることにしよう。


「勇者様、その話をもう少し詳しく聞かせていただけませんか」

ウォリオンがずいっと身を乗り出してきた。いつもは穏やかで知的な彼の瞳が、今は好奇心で爛々《らんらん》と輝いている。ウォリオンがあまりにもグイグイと迫ってくるので、俺は思わず後ずさった。

ここは〈大魔法陣の間〉。周囲では大勢の神官が儀式のためにひしめいている。折悪く俺の背後にはそんな神官たちが小さな円陣を作って祈りながら魔力を込めていた。後ろを確認せず下がった俺は当然のことながら足をとられ、彼らを巻き込みながら盛大に転倒した。

「これは申し訳ありません！　私としたことが、あまりに斬新な発想を耳にしたのでつい……」

俺がひっくり返ったのを見て我に返ったらしいウォリオンが、謝罪しながら引き起こしてくれた。

「すまなかったな、君たち。集中が途切れてしまっただろう、少し休んできなさい」

ウォリオンに言われて、俺の転倒に巻き込まれた神官たちが、こちらに一礼して立ち去っていった。すぐ代わりの神官たちがやってきてその穴を塞ぐ。

「いやはや、面目ありません。年甲斐もなく興奮してしまいましてな」

学僧の長は照れ笑いをしながら、広さに余裕のある場所に移動する。ちょっと雑談のつもりで地動説の話を振ってみたら、ものすごい勢いで食いつかれた。本当はオークの言葉について聞きたかったのだ。だが、目の前のこの人物は仮にもオークを敵視する宗教の高官だ。彼らの聖典には「オークは馬鹿だから言葉をしゃべったりしない」と書いてあるらしい。いきなり「オークとおしゃべりしてみたいんだけど」などと言ったらどんな反応をされるか分からない。

予想以上の食いつきっぷりに焦りながら、身振りを交えてうろ覚えの地動説を説明する。

「なるほど、勇者様の世界では星々が大地の周りを巡るのではなく、大地が太陽の周りを回っているといわれているのですね」

「はい、そのように学校では教わりました」

「そのガッコウというのは……いや、それはまた後で。まずはその地動説を……」

この男、学僧という俺たちの世界でいうところの科学者みたいな連中の親玉だけあって、好奇心が非常に強いらしい。

「この世界ではやはり大地の周りを星が回っていると考えられているんですか？」

「えぇ、そのとおりです。聖典にもそのように書かれております」

聖典、か。やっぱり、聖典に反する考えは受け入れがたいのだろうか。

「当たり前すぎて、今までは疑ってみたことすらありませんでしたが……大地のほうが回っているなど、いったい誰が思いつこうか……う〜む……しかし、迷い星の運行を考えれば確かに……」

ウォリオンはそのまま思考の海に沈んでしまった。放置された俺は、しかたがないので儀式の様子を眺める。大勢の神官たちが入れ代わり立ち代わり、魔力を込め、あるいは休憩室へ去っていく。

退屈な光景だ。ウォリオンはまだ戻ってこない。

「おい！　紙だ！　紙を寄こせ！」

唐突にウォリオンが叫んだ。思考の海から戻ってきたらしい。傍らに控えていた、見習と思われる少年神官が、懐から羊皮紙とペンを取り出して恭しく差し出す。ウォリオンはそれをひったくると、少年が捧げたインク壺《つぼ》にペンを突っ込むのももどかしげに、何かを猛烈に書き始めた。

「これを天文の学房に届けるのだ。急ぎ検討するようにと伝えおけ」

「はい！」

ウォリオンから手紙らしきものを受け取った少年は大急ぎで駆けていった。

「聖典に書いてあることは絶対ではないのですか？」

俺はウォリオンに尋ねた。

「聖典とは、神の教えをまとめたものです。神の教えは絶対ですが、聖典そのものは人の手で書かれたものにすぎません。間違った記述も多少は混ざりましょう。そういった間違いを正していくのも、我ら学僧の務めなのですよ」

思っていたより、彼の聖典に対する考え方は柔軟なようだ。これなら、オークの言語について相談してみても大丈夫かもしれない。

「なるほど。ところで、学僧の方々でオークについて研究をしている人はいませんか？」

「オークについて？」

「はい、戦に勝つためには敵についてよく知っておく必要がありますので。オークについての研究は禁忌だったりしますか？」

「いえ、そのようなことは……。しかし、何しろ奴らは穢れた生き物ですからな。進んで研究したがる者はあまりおりません。過去には奴らの身体《からだ》について優れた研究を残した者がおりましたが……。オークどもの作る道具についてなら、研究している者が何人かいます。特に、武器については国王陛下直々に研究の指示が出ておりますので。しかし、あの黒い粉の正体がさっぱり分かりませんでな。ほかにもいくつか、我らの鍛冶師には作ることができない部品がありまして……」

「言葉についてはどうでしょう？　奴らの言語や文字を研究している人はいませんか？」

先ほどまで穏やかな笑みを浮かべていたウォリオンから突然表情が消えた。戸惑う俺に向かって、彼は平板な声で言いきった。

「奴らに言語など存在しません。ですから、それについて研究する者もおりません」

この態度の急変はいかにも不自然だ。俺はもう少しだけ食い下がってみることにした。

「そんなことはないでしょう。あれだけの数が、統率の取れた行動をとるんです。言葉もなしにそんなことは不可能でしょう」

「そうとは言いきれませんぞ。動物や鳥にも群れで行動するものは数多くいますが、彼らは言葉を持ちません。オークとて同じでしょう」

そう言いながら、彼自身、自分の言葉にまったく納得していない顔をしている。

「勇者様、聖典にも『オークには知能も言語もない』と記されていますぞ」

「聖典には間違いもあると先ほどおっしゃっていたではないですか。聖典の間違いを正すのも学僧の職務なのでしょう?」

これを聞いたウォリオンは思いっきり渋い顔をした。そして渋い顔をしながらも言いきった。

「この点に関しては、議論の余地なく聖典が正しいのです」

その表情を見るに、彼自身この問題については思うところがあるらしい。ここでいう正しさは、彼らの真理の追究とは別な次元で決められた正しさなのだろう。要するに、何かしらの理由でオーク語の研究は禁忌とされている、ということらしい。これ以上この話題を続けてもいいことはなさそうだ。

「それならば、聖典が正しいのでしょう。つまらぬ質問にお時間をとらせてしまい、申し訳ありませんでした」

「いえ、とても有意義なお話ができました。また機会があれば、異界のお話をお聞かせください」

俺はウォリオンと礼儀正しく別れの挨拶を交わした。


しばらく退屈な日々が続いた。日に一度、儀式を見て回り順調であることを確認する。もっとも、俺が見て回ったところで何かが分かるわけじゃない。形式的な話だ。その後ウォリオンと顔を合わせ、彼からも報告を受ける。報告はいつも同じ、「順調です。異状はありません」だ。そして、五日に一度、王都に向けて「異状なし」と書いた手紙を送る。

俺にこの仕事が振られたのは不測の事態に備える意味もあるだろうが、それ以上に俺が「格の釣り合う暇な奴」だったからなんじゃなかろうか。ちゃんと仕事のできる奴に任せるには退屈すぎるし、もったいないからな。たぶん、多少サボってみても何の文句も言われないだろう。今はまだ試していない。

残りの時間はどうにかして暇を潰さなければいけなかった。さほど広くない要塞はあっという間にすべて見て回ってしまった。たまにウォリオンが尋ねてくるので、俺の世界のことを彼に話して聞かせた。話すこと自体は構わないのだが、彼の飽くなき探求心を満たすのは大変だった。少し突っ込んだ質問を受けるだけで、俺は答えに詰まってしまうのだ。

例えばテレビだ。俺はテレビの使い方を知っている。だが、その仕組みとなるとてんで分からない。異世界で彼のような人物に会うたびに、俺は自分の世界のことすらほとんど知らないのだと思い知らされる。そのうちに彼も俺が学問をする人間ではないと気づいたらしい。気がつけば、彼は俺に深い質問をしなくなっていた。

そういえば嬉しい発見もあった。散々探し回って、ついに蟻の巣をいくつか見つけたのだ。そのうちの一つはどうやらほかの巣を襲撃するタイプらしかった。もう冬だというのに、毎日元気に略奪に出かけては、勝ったり負けたりして巣に戻ってきた。見ていてまったく飽きない奴らだ。

今日は戦に勝利したらしく、それぞれが白くて丸い繭のようなものを抱えて戻ってきた。戦利品を掲げて列をなすその様は、まるで凱旋パレードのようだった。

「勇者様……あの、よろしいでしょうか……？」

ぼんやりとしゃがみ込んで蟻の巣を眺めていた俺に、一人の兵士がおずおずと声をかけてきた。要塞見学の際に俺を案内してくれた、あの若い兵士だ。俺はすくっと立ち上がって、勇者らしく背筋を伸ばし胸を張った。

「はい、何でしょう？」

若い兵士は、そんな俺を見て微妙な表情を浮かべた。どうやらごまかしきれていなかったようだ。たぶん、ぼんやりと蟻を眺めていた変人が突然立派な勇者になったから驚いたんだろう。

「ご領地より馬車が到着されました。使者が一名、勇者様に面会を求めておられます」

お、頼んでいたものが到着したらしい。少し前に、ここに常駐している竜騎士の一人に〈カダーンの丘〉まで手紙を届けてもらったのだ。

「ありがとうございます。すぐに行きます。今、使者はどこにいますか？」

「はっ！　主塔のホールで待機させております」

「分かりました」

俺が主塔に向かって歩き始めると、背後から兵士が声をかけてきた。

「ゆ、勇者様。先ほどは何をなされていたのでしょう？」

俺は立派な勇者としての態度を崩さず、真面目腐って答えた。

「私の故郷に伝わる占術です。蟻たちの戦いの様相から、我々の戦の行く末を占っていました」

もちろんそんなわけはない。ただの暇潰しだ。

「な、なるほど……」

しかし、どうやら彼は俺の答えに半信半疑ながらも納得してくれたようだ。

「それで、何か分かりましたか？」

「はい、我々の最終的な勝利は揺るがない、と出ました。つらい戦いになるかもしれませんが、最後まで頑張りましょう」

どう考えてもでたらめな話だが、勇者の肩書を持つ俺が自信満々に宣言すればそれなりに説得力が生まれるらしい。若い兵士は嬉しそうな顔で持ち場へ戻っていった。純朴そうな青年だった。きっと持ち場へ戻ったら、同僚たちに勇者の予言を吹聴して回るんだろう。

主塔のホールでジョージが俺を待っていた。手には鎖。その先には太郎が首輪で繋がれている。太郎はおとなしくて賢い善良なオークだ。決して人に噛みついたりしない。けれども、こうして鎖で繋いでおかなければ、野良オークと間違えられて駆除されてしまう。少なくとも俺の領地の外では、彼自身の安全のためにこの鎖が必要なのだ。

「元帥閣下。ご依頼の品をお持ちしました」

ジョージが片膝をついて差し出したのは、もちろんオークの太郎だ。〈竜骨山脈〉の内側ではオークは品物だ。よく働く役畜だ。

「お疲れ様です。村の外れに小屋を確保してあります。当面はそこで太郎とともに寝起きしてください」

〈竜の顎門〉から、少し離れたところに村がある。

村といっても農村ではない。守備兵相手の商人たちが寄り集まってできた村だ。酒場や雑貨屋、娼館《しょうかん》、といった兵隊相手の店がいくつか集まっている。ついでに、所帯を持った兵士の家族が住む民家が少々。ここの兵士たちは休暇になればその村へ行く。

かつてはもっと大勢の守備兵がいたらしく、今は空き家が目立っていた。俺が確保したのは、そうした民家のうちの一軒だ。主塔の兵舎に泊まらせることも考えたが、その場合は太郎はほかのオークと一緒に地下牢暮らしになる。なにより、大勢の神官がうろついている中に、ジョージを置いておくのは少々危険だ。ジョージはもともと神官として暮らしていたのだ。彼の過去を知っている者がいないとも限らない。

その日から、太郎との語学レッスンが再開された。太郎とジョージが暮らす民家は、村の外れに近いところにある。俺は暇を見つけては村に通い、太郎に様々なものの名前を教えた。

家政婦として雇った婆《ばあ》さんは初めのうち、太郎を連れたジョージに対し気味悪げに距離をとっていた。しかし、俺が何度か太郎に芸をさせてみせると、思いのほか喜んでくれた。そのうちに、賢く聞き分けのよい太郎のかわいらしさに目覚め、すっかり夢中になってしまった。素直で育ちのよいジョージのことも気に入ってくれたようで、ずいぶん親切にしてもらっていると彼からは報告を受けている。

時折、俺が民家の庭先で太郎の訓練をしているところに休暇中の兵士が見物しに来ることがあった。訓練について、表向きはオークを兵士にするための研究だと言っているが、彼らはその説明を信じていないようだった。彼らは、それが建前にすぎないということを見抜いていた。では彼らがどう認識しているのかといえば、俺が暇潰しにオークに芸を仕込んで遊んでいると考えているらしかった。その証拠に、彼らは太郎が俺の指示どおりに動けたときには、おひねりやらリンゴやらを寄こしてくるのだ。それらはすべて、ジョージと太郎の小遣いやおやつになった。

見学に訪れる兵士は少しずつ増えていった。いつの間にかジョージの家の前には勝手にベンチがしつらえられ、見物客が多い日には村の酒場が出張屋台を出しに来た。酒場の主人は、帰るときにはいつもニコニコ笑顔でこちらに会釈してから去っていく。この屋台も、そこそこの売り上げになるらしい。

芸といっても、さほど派手なことをしているわけではないのだ。皆よほど娯楽に飢えているとみえる。正直なところ、野次馬のせいで太郎は怯えるし、やりにくいことこのうえない。追い払おうかとも思ったが、下手に太郎を隠して妙な噂をたてられても厄介だ。

好意的に見られているうちは、このままオープンにしておいたほうがいいだろう。

そんなこんなで、のんびりと過ごしていたある日のことだった。いつものように太郎に訓練を施していると、「あっ」という小さな声が上がり、それから家の前に群がっていた野次馬たちが急に静かになった。何が起きたのかと見てみれば、そこには幾人かの神官を引き連れたウォリオンが難しい顔をして立っていた。

「勇者様が何やら変わったことをしているという噂を聞いて来てみれば……。これはいったいどうしたことですかな？」

俺と、オークと、野次馬たちを順番に睨みつけながらウォリオンが言った。普段はあまり聞くことがない、厳しい口調だった。ウォリオンに睨まれた野次馬たちが、コソコソと気まずそうな顔で散っていく。

しまった。見つかってしまった。しかも、あの温和な学僧の長が、ずいぶんと険しい顔をしていらっしゃる。やっぱりもっとひっそりとやるべきだった。後悔したがもう遅い。

とりあえず言い訳をしなければ。大丈夫、ちゃんと事前に言い訳を用意してある。

「我らの戦力不足は深刻です。オークの捕虜を我々の兵士として再利用できないかと考え、訓練を試みていたのです。オーク同士を戦わせることができれば、人類の損害を減らすことができます」

うむ、完璧だ。

「オークの討伐は信徒に課せられた神聖な義務です。信徒が、自ら戦わねば意味がありません」

一撃で論破されてしまった。そういう教義なのか。

「それに、勇者様の訓練とやらを少々見物させていただきましたが――」

ウォリオンが太郎の足元に目をやった。そこには、いろんな種類の野菜がゴロゴロと転がっていた。俺が野菜の名前をいくつか唱え、その順番に太郎が並べるという芸をやっていたのだ。

「野菜の名前を覚えさせることが、どうしてオークの軍事訓練に繋がるのか、私にはいまいちよく分かりませんな」

おっと、この芸の本当の目的まで見破られていたか。いかにも、この訓練の目的は野菜の名前を覚えさせ、きちんと聞き取らせることだ。

「なにより、兵士にしようというならどうしてメスのオークを訓練しているのですか」

衝撃の事実！　太郎はメスだった！

言い訳をさせてほしい。確かにオークたちは常に全裸だが、人間と同じように常にブラブラさせているわけではない。その性器は豚と同じく普段は体内に引っ込んでいるのだ。そんな分かりにくいオークの性別を一目で見抜くとは、さすが博学の徒、学僧たちの親玉である。

ご存じのとおり、俺は頭の回転はよろしくない。だからこうなるともうアワアワするほかはなかった。そんな俺の様子を見て、ウォリオンは大きなため息をついた。

「……勇者様、どうやらまだ諦めていないようですな」

「え、えぇ、はい。そうです」

「オークどもが言葉を解するなどという戯言《たわごと》を、善良な信徒たちに吹き込まれては困ります。こういった見世物は慎んでいただきたい」

「も、申し訳ございません」

俺は縮こまって頭を下げる。それで面倒ごとが回避できるなら安いものだ。

「さぁ、見世物は終わりだ！　誰も咎められることはないから安心しなさい。信徒諸君は己が務めを果たしに戻るのです。兵士諸君も今は休むのが仕事でしょう。こんな所におらず、寝床か酒場でゆっくりとしてきなさい。さぁ、解散だ！」

ウォリオンは、遠巻きにこちらをコソコソと窺っていた野次馬たちに大声で呼びかけた。彼らは今度こそ、散っていった。

周囲がすっかり落ち着いたことを確認してから、彼は言った。

「勇者様、こういったことをなされては本当に困るのですよ。どうも、この件についてはもう一度ゆっくり話し合う必要がありそうですね。近いうちに食事にお招きいたしますので、よろしくお願いします」

どうやら、後でガッツリお説教されるらしい。だが、ひとまずこの場は収まったようだ。

「ご迷惑をおかけしました」

俺はもう一度頭を下げた。

「お判《わか》りいただければ結構です。それでは」

彼は俺に向かって丁寧に一礼すると、神官たちを従えて要塞の方へ歩き去っていった。

その晩、俺はさっそくウォリオンから晩ご飯に招待された。ウォリオンは、俺と同じく兵舎に貴人向けの一室をあてがわれている。貴人向けとはいっても、所詮は要塞の一室だ。飾り気はほとんどなく、さほど広いわけでもない。机と椅子を二つ並べて給仕役の神官が脇に控えると、少々手狭に感じられてしまう程度の広さだ。

出された食事もいたって質素なものだった。メインの皿には川魚を焼いたのが二切れ。薄い野菜のスープ。固いパンが一切れ。水で割ったエールが一杯。

「申し訳ありません。普段のお食事と比べればずいぶんと貧相なものでしょうが、これが我らの流儀なのです」

ちなみに、俺は普段は兵士たちと同じ食事をもらっている。さほど豪華というわけでもないが、たいていは肉が一品ついてくるし、魚の日だって量はもう少し多い。エールも水で割られてはいない。お代わりは二杯まで。

ウォリオンと一緒に食前の祈りを捧げ、静かな食事が始まった。すぐに食べ終わった。

少し気になったことがあったので聞いてみる。

「神官たちも、これと同じものを食べているのですか？」

固いパンを味わうようにゆっくりと噛みしめていたウォリオンは、それをゴクリと飲み込んでから答えた。

「いえ、それはさすがに。毎日全力で魔力を放出させておりますから。少なくとも、私よりはいいものを食べているはずです」

そりゃそうか。

「さて、食事も済んだことですし、少しお話でもいかがでしょう」

給仕役の神官が音もなく部屋から出ていった。いよいよ説教タイムの始まりだ！

と思ったら、ウォリオンは席を立ち、背後にあった自分の荷物箱をごそごそとあさり始めた。どうやら目的の物は箱の一番奥にしまわれていたらしい。彼がようやく引っ張り出してきたそれは酒瓶だった。この世界ではあまり見かけないガラスの瓶だ。彼は給仕が残していった食器の中から、木のカップを二つ取り出した。片方に例の酒瓶から琥珀《こはく》色の液体をたっぷり注ぎ、俺の前に置く。

飲めということかしらん？　目で問うと、ウォリオンはどこかいたずらっぽい目でにこりとうなずいた。毒か？　いや、まさか。

少し警戒しながらそれを口に近づけると、不思議な香りが鼻をついた。木の樽と、アルコール。蒸留酒か。この世界では初めて見るな。ケレルガースの宴でも、蒸留酒はなかった。今まで見かけたのはすべてエールや蜂蜜酒、果実酒の類だ。

俺は何でもない顔をしながら、それをゆっくりと口に含み、うなずいて見せた。

「素晴らしい香りですね」

「ご存じでしたか」

ウォリオンは少し残念そうだ。大方、俺がアルコールでむせ返るのを期待していたんだろう。どうやらこの世界では、蒸留酒は相当珍しいものらしい。

「はい。私の世界には、もっときついのもありましたよ」

「なるほど。やはり進んでいますね。こちらでは〈清めの聖水〉と呼ばれております。酒に傷口が腐るのを防ぐ力があることは太古から知られていました。百年ほど昔に、一人の学僧がその力を高める術を見つけ出したのですよ。その技は、門外不出の秘法として扱われています」

彼は自分のコップにも同じように酒を注いだ。

「この聖水にはほかにも不思議な力があるのです。例えば、これを飲んだ者は嘘がつけなくなると言われています」

そう言って、彼はコップの中身をうまそうに啜《すす》った。酔っぱらいは何でもべらべらしゃべってしまうからな。その話の真偽は怪しいものだが。

「いいんですか、そんなものを飲んで」

「尋問の際にはいくらでも。それ以外にも、酒精に打ち勝つ強い信仰を持った者はこれを飲むことを許されます。まぁ、おおっぴらに飲めばさすがに咎められますが」

なるほど、偉い神官たちはコイツをこっそり楽しめるってわけだな。説教タイムかと思ったが、思っていたより話ができそうだ。酔って頭が回らなくなる前に、さっさと聞くべきことを聞いておくことにしよう。

「……それで、オークが言葉を理解できるというのは、そんなに危険な考えなのですか？」

ウォリオンはコップを机の上に置き、重々しくうなずいた。

「えぇ、非常に重い禁忌とされています」

「理由を伺ってもいいですか？」

「私にも分からぬのですよ。私も、私の前任者がこの禁忌を犯して罰せられるまで、それが禁忌とされているということすら知らなかったほどです」

「そんな重大な禁忌なのにですか？」

「あの穢れた生物のことを調べようという物好きはあまりおりませんからな。ましてや、その言葉など。ですから、その禁忌を広く知らしめてはかえって好奇心を刺激することになる、と上は考えているのかもしれません」

なるほど。

「もっとも、師は……前任者は何度か警告を受けてはいたのですよ。それを無視したがために神殿を追われ、聖なる名までも奪われました。表向きは、神像を冒瀆した咎によって罰を受けたことになっています」

「聖なる名？」

「正神官に任命された際に賜る名前です。元の名はその際に捨てるのです。ですからこれを奪われることは、〈名を持たぬ者〉となることを意味し、神官としては死刑に次いで重い罰となります。事実上の死刑といってもいいでしょう。名のない者は法の保護を受けることができませんから」

ウォリオンは、コップの中身をまた少しだけ口に含む。

「……オークの言語を学ぼうなど、もうおやめになったほうがいいでしょう。これが大神官長の耳に入れば、いかに勇者様とはいえど、破門は免れますまい」

破門か。ネズミ顔の堂主もそう言って脅かしてきたが、正直あまり俺には関係ないな。そんな俺の考えを見透かすかのように、ウォリオンが言葉を続ける。

「むろん、貴方は異世界からお出でになった勇者様ですから、我らの神に見放されたところで道に迷うこともないでしょう。しかし、勇者様のご身分を認め、世間に向けて保証しているのもまた、我らが神殿であることをお忘れなきよう。私どもの保証がなければ、世の人々から信用を得るのも一苦労となるでしょう」

これだけ聞けば強い脅しの言葉だ。だがその表情からは、彼が心底俺を心配して警告してくれていることが伝わってきた。

「ご忠告痛み入ります」

俺はそれだけ言って頭を下げた。だが、オーク語の研究は絶対に外せない。彼の忠告を無駄にしないためにも、これからはもっと慎重にやることにしよう。そんな俺を見て、彼は大きなため息をついた。

「どうしても、おやめになるつもりはないのですね？」

俺は黙ってうなずく。

ウォリオンは目をつむって天を仰ぐと、小さく祈りの言葉を呟いた。祈りを終えると、今度は手元のコップの中身を一気に飲み干す。それから、俺の目をまっすぐ見ながら言った。

「勇者様は、文字をお書きになられますかな？」

唐突な質問に戸惑いながら答えた。

「いいえ、読むことはできるのですが、書くほうはちょっと……」

読むほうは、例の翻訳機能でなんとかなるのだ。書く必要があるときには代筆を頼んでいる。この世界では、貴族でも字が書けない人間は珍しくない。ある程度以上の身分では、地位のある人間は自ら筆を執るものではないと考えている節さえある。

「では、いい教師を紹介させてください」

「え、えぇ、よろしくお願いします」

なんだかよく分からないが、渡りに船だ。この世界の価値観はさておいて、自分で書けるならそのほうが便利に決まってる。

「王国の北の西端、シェザリス城からさらに北、そこにエニデムという寒村がございます。外海に面した小さな入り江にある貧しい村で、最寄りの聖堂まで山を越えて二日という信仰からも遠く離れた土地です。その村のほど近くにある洞穴に、一人の隠者が棲《す》んでいるそうです。時折村の子供たちに文字の読み書きを教えては飢えを凌《しの》いでいると聞きます。変わり者といわれてはおりますが、教えることにかけては右に出る者はないということです。勇者様も、彼の隠者に文字を教わってはいかがでしょう？」

シェザリス城だって？　俺は耳を疑った。

この国は、西側が欠けた三日月形の山脈に囲まれている。シェザリス城は、その三日月の北の方の先端に位置する城だ。リーゲル殿によれば、王都から最も遠い位置にあるとかいう話だった。そのうえ、そこからさらに北に行った外海側の土地なんて、まさに世界の最果てといっていい。確か、竜でも最低二日はかかるとリーゲル殿は言っていたはずだ。日の短い今の季節なら少なく見積もっても四日はかかるだろう。文字を習いに行くにしてはあまりにも遠い。

「……その方のお名前を伺っても？」

「名はありません。すでに、名前を奪われておりますれば」

……なるほど。

「何しろ、非常に気難しい御仁との噂です。信用を得るのも簡単ではないでしょう。ですが、これを手土産に持てば、どんな気難しい老人もきっと心を開いてくれるはずです」

そう言って、ウォリオンは先ほどの酒瓶にもう一度コルクを押し込み、俺に押し付けてきた。蒸留酒は、貴重なモノのはずじゃなかったか？

「どうしてここまでしてくれるんですか？」

こいつは禁忌破りの手伝いだ。彼のような立場の人間が進んでやるようなことではない。

「……オークと戯れる勇者様を見て、我が師のことを思い出しましてな」

遊んでいたわけではないんだが。一応。

「我が師も、ああしてオークに言葉を教えていたものでした。あれもずいぶん賢いオークでしたが、師が追放された折に殺されました。もったいないことをしたものです」

ウォリオンは酒に血走った目で、こちらの目をじっと見据えてきた。

「勇者様は、我らのようにただ真理を追うためにオークの言葉を欲しているわけではない。おそらく何かを変えるためにその知識を欲しておられる」

彼はそう言って、コップの中身をあおろうとしたが、空だった。彼の目は諦めきれない様子でテーブルの上をさまよい、俺のコップを見つけた。彼はそれに手を伸ばし、一息に飲み干した。

「貴方が何を変えようとしているかは知りません。しかし、分かっていることも一つあります。上はその変化を怖れるがゆえに、我らが真理へと至る道の一つを閉ざし、我が師を追ったのです」

彼の顔色はすでに真っ赤だった。急激に酔いが回っているらしい。

「それは真理を追究する我ら学僧の務めの否定にも等しい！　これ以上の屈辱がありましょうか！つまるところ、これは復讐《ふくしゅう》です。力も、勇気も持たぬ我が身に代わって、奴らの鼻を明かしていただきたいのです」

ずいぶんと迂遠《うえん》なことだな。

「ご期待に添えるかは分かりませんが、ご厚意は決して無駄にはいたしません」

それでも彼は、俺の答えに満足したようだった。ウォリオンは大きくうなずいた後、そのまま机に突っ伏していびきをかき始めた。あまり酒には強くないらしい。無茶しやがって。

もう話は終わりだな。俺は席を立ち、ウォリオンに背を向けた。扉の把手《とって》に手をかけたところで、背後からウォリオンがむにゃむにゃと声をかけてきた。

「勇者様……かなうならば……彼を保護してください……。かの御方は……もはや法の保護の外なれば、わずかな財も持てぬ身の上……。どうか……我が師を……友を……」

言葉はここで途切れて、後は寝息しか聞こえなかった。

第五章　洞穴の隠者

俺はヴェラルゴンに跨がり、シェザリス城へ向けて飛んでいた。

シェザリス城は、円に近い三日月形をしているこの王国の北側の西端に位置する。夏であれば二日で行くことも可能らしいが、今の季節では五日ほどかかると常駐の竜騎士が教えてくれた。これは、冬のほうが日の出ている時間が短いせいだ。夏であれば、内海を一気に渡りきることができるが、この時期はそうもいかない。無理に渡ろうとすれば、内海のど真ん中で日没を迎える羽目になる。真っ暗な海の上での飛行は、よほどのベテランでなければ自殺行為だ。内海に沿って大きく回り道しなければならない。

国王陛下からも、しばらく〈竜の顎門〉を離れる許可をもらった。山奥に潜む賢者を探しに行くとは言えないので、陛下への手紙には「竜騎士としての訓練を兼ねて遠乗りしたい」と書いた。陛下からは、退屈な仕事を割り振ったことに対する簡単な詫《わ》びと、ゆっくり羽を伸ばしてくるようにという趣旨が書かれた返事を受け取った。国王陛下は、俺が儀式を監督するのに飽きて少し遊びに出たくなった、と考えているようだ。まことに遺憾である。

手紙には、許可のついでに「途中で陳情を受けても余計なことはするな。情報は王都へ回すように」というようなことが、遠回しに書かれていた。もめごとは俺だって困る。国王陛下に丸投げしてよいのなら、積極的に丸投げしていきたい。

返事を持ってきた竜騎士が、そのまま俺をシェザリス城まで先導してくれることになった。これも国王陛下の指示らしい。あの少年王は本当に気遣いがよくできる。俺とは大違いだ。

天候はいたって穏やか。雲一つない空の下、一度上昇気流を捕まえればどこまでも高く上ることができた。風は少々冷たいが、あの〈竜骨山脈〉の切り裂くような冷風に比べれば、そよ風のようなものだ。背中に乗せてきた竜飼いが、海風と崖を利用して上昇するやり方を教えてくれた。海風が崖にぶつかると、強い上昇気流が生まれる。そういう崖に沿ってうまく飛べば、高度を稼ぎながら前に進むことができるらしいのだ。

「はいぃ！　もっと崖にぃ寄せてぇ！　もう少しぃ首をぉ風上にぃたててくだせぇ！　素晴らしいぃ！　お見事ですぅ！」

竜飼いが、しっかりと俺の背にしがみつき、無精ひげで俺の耳をこすりながらがなった。なるほど、こうやって地形を利用すれば、長距離を効率よく移動できるのか。山越えの時にこうした知識があれば、もっと疲労を抑えられたかもしれない。

「しっかしぃ！　勇者様はこれだけ上手にぃ竜を操りなさるのにぃ、風のぉ知識はぁさっぱりですなぁ！」


「今まで！　あまり空を飛ぶ機会はなかったので！」

飛んでいる最中は、こうして耳元で怒鳴り合わないと風の音が邪魔をして声がよく聞き取れないのだ。この竜飼いはこうした会話に慣れているらしく、空中では独特のしゃべり方をする。こうしてしゃべると、風の中でもよく聞こえるのだそうだ。

「てっきりぃお国でもぉ竜を飼っていなさるのかとぉ！」

とんでもない。俺の国で竜が飛んでたら大騒ぎだ。

「やっぱりぃ、竜騎士はぁ才能がモノを言いますなぁ！」

「あなたは！　ずいぶんと！　風にお詳しいですね！」

「何しろぉ、三十年もぉ竜騎士様の後ろにぃ乗せてもらってますんでぇ！」

聞けば、このベテラン竜飼いは、竜騎士に憧れて騎士団の門を叩いたものの、素質が足りず竜騎士にはなれなかったらしい。

「まぁ！　なってみればぁ竜飼いもぉ楽しいもんですぅ！　こうしてぇ空も飛べますしぃ！　なにより安全だぁ！」

そう言って、彼はガハハと笑った。彼にとっての安全とはいったい何なのだろうか。

〈竜の顎門〉を発《た》ってから三日目の夕方、俺たちはシェザリス城の上空に到着した。天候に恵まれたこともあり、予定よりもだいぶ早い到着だった。

シェザリス城は細く長い岬の突端、断崖絶壁の上に建っていた。岬の先端は波によってその根元がだいぶ削り取られており、その上に建てられた城が空中に突き出しているような格好だ。狭い場所に無理やり建てられたその城は、ひょろりと縦に長く伸びており空からはひどく不安定に見えた。嵐でも来たら、風に吹かれて岬ごと崩れてしまいそうだ。

俺は城の上空を一回りしてから、針路を北に戻した。この城から少し離れた所に大きな港町がある。この港町には、竜騎士団所有の竜舎が領主の許可のもと設けられていた。十頭もの竜を収容できる大きな竜舎で、〈大竜舎〉、〈竜の顎門〉に次ぐ国内第三の規模だという。今日はこの竜舎にヴェラルゴンを預けて一泊し、翌朝になってから城主を訪問する予定だった。他人の領地を許可なしにうろつけばトラブルのもとになる。洞穴の隠者を探す前に、領主に話を通さねばならないのだ。

ところが、竜を降りて荷物を解くか解かないかのうちに城から使者がやってきた。よく整えられた白い顎ひげを伸ばしたその使者は、俺に向かって丁寧に頭を下げた。

「先ほどの白竜、異界より招かれし勇者様とお見受けいたします。我が名はバンゲルの子バンガス。シェザリスの岬の城主に仕える騎士にございます。我が主は、ぜひとも勇者様を本日の晩餐《ばんさん》にお招きしたいと仰せです。長旅の疲れもあるとは存じますが、ぜひとも我らが城までご足労いただけないでしょうか？」

もともとこちらから訪ねようと思っていたところだ。向こうからお誘いいただけるなら願ったりかなったりである。

「ご丁寧なお招き、まことにありがとうございます。もともとこちらからご挨拶に伺おうと思っていたところです。喜んでお招きにあずかります」

俺が招きに応じると、バンガスはニッコリと笑った。

「応じていただけた際には、城までご案内するよう言いつかっております。馬は用意してございますので、準備が整いましたらお声がけください。お連れの竜騎士殿も、共にご招待させてください」

「勇者様……できるだけ早く戻ってきてくださいよ……」

ヴェラルゴンとともに竜舎に残される竜飼いの不安げな声を背に受けながら、俺たちはシェザリス城へ向かった。ヴェラルゴンは今日も不機嫌だ。

港町からシェザリス城へは、馬で三十分ほどの道のりだった。上空から見たときにはどうにも危なっかしく感じた城だったが、こうして地上から見た姿はなかなか立派なものだった。特に攻め手の視点から見るとこの城は難攻不落の堅城に間違いなかった。何しろ、三方を海と断崖絶壁に囲まれ、唯一陸続きの北側も狭く足場が悪い。攻城兵器を設置するのも一苦労だろう。

バンガスが呼ばわる声に応じて、ガラガラと鎖の音を響かせながら城門の分厚い落とし格子が上がっていく。その先に、見覚えのある男がいた。

「勇者様！　我ら一同、おかげでこうして命を長らえることができました。まことに感謝の言葉もございません！」

その男は、そう言って背後に控えた二十人ほどの騎士たちと一緒に、俺の前に片膝をついて頭を下げた。あの顔の大きな傷は見間違えようがない。ガルオムだ。オークの村で撃墜された俺たちを助けてくれた命の恩人だ。どこかの城主と名乗っていたが、そうかここの城主だったのか。

オーク領のど真ん中に手勢とともに取り残されていたこの男は、救出船団を送るように書いた手紙を俺に託したのだ。リーゲル殿が送ってくれた捜索隊に無事救出された俺は、帰還と同時にその手紙を彼の領地に届けてくれるよう依頼していた。そうして手紙は無事にここ、シェザリス城へと届いたというわけだ。

「私はただ手紙を託されたにすぎません。命を救っていただいた恩があるのはこちらの方です。どうか、お顔を上げてください」

俺がそう言うと、彼は立ち上がり手を差し伸べてきた。

「なれば、我らに勇者様と戦友の契りを交わす栄誉を賜りたく。さすれば、命の貸し借りは常に等しいものとなります」

帰還してから俺の地位について知ったのだろう。ガルオムの口調が、すっかり目上の者に対するそれに代わっている。俺はガルオムの手を取り、それからひしと抱き合った。ガルオムの背後で喚声が上がった。よく見ると、背後の騎士たちもどことなく見覚えがある。おそらく彼らもあの時の生き残りなのだろう。俺は全員と同じように握手を交わし、抱き合った。

「我らは戦友なるぞ！」

ガルオムが叫び、後はお約束の宴会になだれ込んだ。


広間の四隅には酒樽が積み上げられ、正方形に配置された長机には豪華な料理が並んでいた。中央では炉が赤々と燃え、よく太った豚が丸々一頭その火で炙られている。俺の到着を知って間もないはずなのに、よくぞこれだけの用意をしたものだ。酒は倉庫から出せば済むだろうが、料理のほうは大変だったはずだ。

机に囲まれた炉の前では、吟遊詩人がやんややんやの喝采を受けていた。演目はもちろん、あの墜落現場での戦いをもとにした戦詩だ。ガルオムが生きて帰ってくるなりお抱え詩人に作らせたものらしい。

物語のあらましはこうだ。

オーク討伐のため〈竜の顎門〉の門をくぐったガルオム率いるシェザリス城の軍勢は、手向かうオークどもを次々と打ち破って、多くの戦利品を獲《と》る。しかし卑劣なオークどもに谷の入り口を封鎖され、ガルオムらは本国へ帰還できなくなってしまう。そんな中、世界を救うべく異世界より呼び出された勇者が、谷の封鎖を打ち破るため竜騎士団を率いて出撃した。ところが、さしもの竜騎士団も谷に陣取るオーク軍にはかなわず、激しい戦いの末に勇者は若い竜騎士ともども撃ち落とされてしまった。気高い勇者は、負傷した竜騎士を見捨てることをよしとせず、敵中にとどまることを選択する。そんな勇者に、オークどもの万を超える軍勢が一斉に襲い掛かった。

一方そのころ、墜落していく竜を見たガルオムらは竜騎士を救助するべく現場に急行していた。そこで彼らが目にしたのは、戦友を背にかばいながら、周囲にオークの死体を堡塁《ほうるい》のごとく積み上げて奮戦する勇者の姿だった。だが、その勇者もついに力尽き、大地に膝をつく。それを見たガルオムはすかさず角笛を吹き鳴らし、突撃を敢行した。万を超えるオークの大軍も、突如として現れた軍勢に慌てふためき、シェザリスの騎士らはこれを散々に打ち破って勇者を救い出した。その後、竜騎士に救出された勇者に手紙を託し、ガルオムらは海を目指して西進した。方々でオークの小軍勢を打ち破りながら進むガルオムらであったが、彼らの背後には恐るべき追っ手が迫りつつあった。そう、〈黒犬〉率いるクチバシ犬どもが彼らを追ってきていたのだ！　だが、すんでのところで救援船団が到着し、地団太を踏んで悔しがる〈黒犬〉どもを背に、山のように戦利品を抱えてオークの地を後にしたのであった……。

荒唐無稽な詩だった。

だいたいのあらすじは合っているが、例によって戦果が凄《すご》い勢いで盛られている。誰だ、万軍を相手に周囲に死体の山を築きながら戦う勇者って。俺はあの時、犬しか斬っていないはずだぞ。

おまけに、その戦いに参加した騎士たち全員にいちいち出番が与えられているせいで無駄に長い。出番の長さは最低でも一行。活躍した者は三行。特別に活躍した者はそれに応じて記述が増える。そしてそれぞれが十から二十のオークをあの戦いで討ち取ったことになっている。あの場にいたオーク兵は多めに見積もっても二百程度だろう。どう考えても殺されたオークが多すぎる。

そんな無茶苦茶っぷりにもかかわらず、現場にいたはずの生き残りたちは大盛り上がりだ。吟遊詩人も吟遊詩人で、何度も何度も繰り返し歌わされたにもかかわらず、嫌な顔一つせず笑顔でアンコールに応じている。それもそのはず、彼の傍らに置かれた大皿にはすでに銀貨や銅貨が山盛りになっていた。あのくそ長い歌を一周歌うたびにその高さが増していくのだ。

まぁ、こういうものにそんなツッコミを入れるのは野暮というものか。それに、彼らと別れた後のことはこの歌で初めて知った。多少盛られてはいるだろうが、やはり容易な旅路ではなかったらしい。その途上でも、何人かの戦死者を出したようだ。

また吟遊詩人が一曲歌い終わった。ガルオムは上機嫌で銀貨をひとつかみ握ると、ジャラジャラと例の皿の上にそれをぶちまけた。乗りきらなかった銀貨が皿から転げ落ちたが、ガルオムも吟遊詩人もまるで気にしない。詩人のほうは、そんなはした金を気にしなくてもいいだけの稼ぎをすでに得ていた。

席に戻ってきたガルオムが俺に話を向けてきた。

「しかし勇者様もお人が悪い。お出でになると事前にお知らせくだされば、もっと豪華な宴も用意できたというのに。運の悪いことに、今日は所用で城をあけている者が何人かおりましてな。勇者様がお出でになったと知れば、きっと悔しがることでしょう」

「その者たちには悪いことをしました。急な訪問はご無礼とは思いましたが、実はこちらに急ぎの用ができてしまったのです」

「ほう、何か重大な任務でも？」

「はい、このあたりに神殿から追放された隠者がいるという情報を得たのですが――」

「なるほど！　その隠者とやらを捕縛しに来られたということですな！」

「い、いいえ、捕縛ではありません。元は学僧であったというその男の知恵を借りる必要が出てきたのです」

「知恵ですとな？　いったいどのような知識を求めておられるのですか」

おっと、これは重要機密だな。

「それについては、秘密を守るよう言われておりますので、どうかご容赦を」

「では、我が手勢をいくらかお貸ししましょう。人探しとあらば、土地を知る我らはきっとお役に立てるでしょう」

「いえ、それには及びません。大まかな居場所はすでに突き止めていますし、私は竜で移動しますので。ただ、ご領地を捜索する許可をいただければありがたいです」

「ふむ……」

ガルオムはしばし思案顔で天井を見つめていたが、すぐにこちらに向き直って言った。

「では、一筆用意いたしましょう。私の書状があれば、怪しまれることはありますまい」

「ありがとうございます」

「して、その隠者とやらはいったいどこに潜んでいるのですかな？」

「エニデムという村だそうです」

「エニデム……？」

ガルオムが首をかしげた。傍らに控えていた、神経質そうな男が彼の耳元で何か囁いた。

「ん……あぁ、あそこか。またずいぶんと辺鄙《へんぴ》な所だな……」

この辺境の領主がさらに辺鄙な所と言うんだから、よほどの場所なのだろう。

「あぁ、勇者様、ついでに簡単な地図も用意させましょう。なにぶん小さな村でしてな。道を尋ねながら行こうにも、その村を知る者に会うだけでも一苦労でしょうから」

そこまでか。

「何から何まで、本当にありがとうございます」

「なに、大した手間ではござらん。なにより、我らは戦友の契りを交わした仲ですからな！」

ガルオムはそう言って大きく口を開けて笑った。

俺はそれから三周ほど例の詩と酒を楽しんだ。帰り際にガルオムの書状と簡単な地図を受け取り、港町の竜舎へと戻った。


ガルオムにもらった地図のおかげか、エニデム村には何のトラブルもなく到着できた。その村は、複雑に入り組んだ入り江の奥の谷間にあった。石だらけの小さな浜辺に、本当に浮かぶかも怪しいボロ船が数艘《そう》並べられている。その浜辺を中心に、これまた吹けば飛びそうなボロ小屋が十軒ほど、谷の斜面に張り付くようにして寄り集まっていた。そのボロぶりたるや、うちのオーク小屋のほうがまだマシに思えるほどだ。いかにも貧しそうな、本当に小さな村だった。

入り江に吹き込む不規則な風に苦労しながら、やっとのことであの狭い浜に竜を降ろす。案内役の竜騎士は、この狭い浜に二頭目の竜を降ろすのを諦め、上空で旋回を続けている。

俺は竜から降りて周囲を見まわしてみたが、人っ子一人見当たらない。もしかして、すでに放棄されて廃村になってしまっているんじゃなかろうか？　いや、そんなはずはない。さっき上空から見たときには、煙突から煙を出している家があった。誰かしら人が住んでいるはずだ。

おそらく警戒されているんだろう。こうなったらこちらから訪ねていくしかない。俺は竜飼いにヴェラルゴンの手綱を渡すと、一番手近なボロ小屋へと足を向けた。

近づいてみると、小屋の扉がほんの少しだけ開いている。その隙間から、縦に並んだ二つの目が覗いていた。位置が低い。おそらく子供だろう。ちょうどいい。例の隠者は子供たちに読み書きを教えているという話だった。あの子供たちなら、隠者のところまで案内してくれるかもしれない。

俺は笑顔を作ると、彼らに声をかけてみた。

「やあ、こんにちは」

そのとたん、二つの目玉が引っ込み、扉の隙間が勢いよく閉じられた。一瞬だけ見えた細い腕は、おそらく母親だろう。俺はその家の前に行くと、扉を軽くノックしてみた。反応はない。

もう一度ノックし、今度は声をかけてみる。

「驚かせて申し訳ありません。害意はないのです。一つお尋ねしたいことがあるのですが、よろしいでしょうか？」

やはり反応がない。さて、どうしたものか。カギはかかっていないようだし、扉を開けて中の様子を確認することもできるが、あまり彼らを怖がらせてもしかたがない。諦めてほかをあたってみよう。そう考えてほかの家に向かいかけると、背後からかわいらしい子供の声が追いかけてきた。

「おっちゃん、ゆうしゃさま？」

その声に振り向くと、ちょうど子供が家に引き戻されるところが見えた。

「しっ！　ダメだと言ったじゃろ！」

母親らしき女が小声で叱る声が聞こえる。俺はなるべく友好的に聞こえるよう気をつけながら、再び家の中に声をかけた。

「あぁ、いらっしゃられたのですね。怪しい者ではありません。このとおり、領主様の許可状も持っています」

そう言いながら、ガルオムにもらった羊皮紙を懐から取り出し、広げて見せた。再び扉が少しだけ開いて、痩せた女が顔を出した。

「おぉ、高貴な御方……あいにく、アタシは字が読めねぇですので、村長のほうをお尋ねくだせぇ」

そう言って村の奥の方にある、ここよりも少しだけ大きなボロ屋を指さすと、彼女は扉を閉めようとした。ところが、閉じようとする扉の隙間に小さな男の子が顔を突っ込んできた。男の子は閉まる扉に頭を挟まれ、ウグッとかわいいうめき声を上げげた。扉が少しだけ緩むと、彼は引っ張り込もうとする母親に抵抗しながらこちらを見上げて言った。

「字ならおいらが読めるよ！　見せておくれよ！」

「いいとも。ほら、これだよ」

俺は彼に先ほどの羊皮紙を見せた。

「え〜っと……こ、の、もの、いせ、か、い、より、ま、ねかれ、し、ゆ、う、しゃ……。にーちゃん！　勇者だって！　やっぱりこのおっちゃん勇者様だよ！」

彼に呼ばれて、家の奥から三つほど年かさと思われる少年が顔を出してきた。

「どれどれ！　僕にも見せてよ！」

そう言って少年は弟らしき子供の頭を押し下げ、それにのしかかるように羊皮紙に目を通す。

「このもの、いせかいより、まねかれし、ゆうしゃにして、わがせんゆうなり……!?　どうけつの、いんじゃを、さがし、もとめるものなり。わが、りょうないのもの、かのうなかぎり、べんぎをはかるべし……！」

すべて声に出し読み上げた後、少年は目を丸くした。背後では母親がどうしたものかという顔でオロオロしている。

「領主様の紋章も入ってる！　本当に勇者様だったんだ！」

「言っただろ！　白い竜もいるし！」

兄弟は大盛り上がり。母親は顔を青くしている。どうやら、こんなど田舎にもちゃんと俺の噂は届いているらしい。

「で、勇者様はいったい何を探しに来たんだい？」

小さいほうが俺に尋ねた。すかさず大きいほうがそれを窘める。

「ばっかだなぁ、ここに書いてあるだろ。『どうけつのいんじゃ』だよ！」

「なんだよ『どうけつのいんじゃ』って」

大きいほうは答えに詰まったようだった。

「僕は、この近くの洞穴に棲んでいるというおじいさんを探しに来たんだよ」

俺はできる限り優しい声で質問に答えてやった。

「あ！　知ってる！　アナグマじじい――むぐっ！」

兄が弟の口を塞いだ。かつて学僧の長として神殿の学塔に君臨し、その知識のすべてを司《つかさど》った男は、今はアナグマじじいと呼ばれているらしい。

「しっ！　よその人には言っちゃダメってジジイに言われてるだろ！」

小声で言っているつもりだろうが、丸聞こえだ。子供たちはアナグマじじいを隠し通すつもりらしい。母親はといえば、書状と子供を交互に見やりながら、相変わらずオロオロとしている。どうやらアナグマじじいは、領主の命令と天秤にかけられるぐらいには慕われているようだ。

俺は、我ながら気持ち悪いと思うぐらいの猫なで声で子供たちに話しかける。

「僕はそのおじいさんに知恵を借りに来たんだ。決して悪いことをしたりしないよ」

「証拠を見せろ！」

小さいほうが叫んだ。なかなか勇敢な子供だ。できればこのまま大きくなってほしい。

さて証拠と言われると難しいな。俺は背嚢《はいのう》を降ろして中をかき回した。お、あったあった。

「ほら、こうしてちゃんとお土産も持ってきてある」

そう言って、とりあえず見せたのは例の酒瓶だ。これの価値が分かるとは思えないが、ガラスの瓶に入っているというだけでも高価なものだということは伝わるはずだ。……伝わるといいな。

「……なにこれ」

子供たちが疑いに満ちた眼差《まなざ》しを俺に向ける。だめだ、まったく伝わっていない。まったくこれだから子供は。

「お酒だよ」

しかたがないので中身を教えてみると、とたんに子供たちの目から疑いが消えた。

「あ～お酒か」

「うん、お酒だね」

「お酒好きだからね」

彼らは納得したようだった。アナグマじじいとやらはよほどの酒好きらしい。

「じゃあ、勇者様！　おいらについてきて！」

そう言うなり、幼い兄弟はドアから飛び出して山の方へと駆けていく。

「あ！　お、お待ち！」

母親が止めようとしたが彼らは振り返りもしない。俺は、そのまま戸口でオロオロし続ける母親に一礼し、彼らの後を追った。


まったく子供というのはどこの世界でも元気がいい。ハァハァと息を乱しながらも、まるでペースを落とさずに谷の斜面を駆けあがっていく。それにしても彼らは寒くないのだろうか？　彼らときたら継ぎの当たった古布の上下を一枚ずつ着ているっきりなのだ。俺はといえば、竜騎士用の飛行服を着ていてすら肌寒く感じているのに。

「こ　こ　だ　よ　〜！」

斜面の上から、元気な声で彼らが俺を呼んでいる。ようやく追い付いてみると、大きな木の根元に一枚のムシロが雑にかけられていた。大きいほうが、ムシロをめくって叫んだ。

「アナグマじじぃ〜！　お客だぞ〜！」

どうやら、そこが例の隠者が棲む洞穴の入り口らしい。想像していたよりもだいぶ小さい。おそらく元は熊が冬眠用に掘った巣穴か何かだったのだろう。意外と中は広かったりするのだろうか？

「じじ〜い〜！　出てこないと煙でいぶすぞ〜！」

そう叫びながら、子供たちは手にした石をカチカチと打ち合わせた。火打ち石のつもりらしい。なんて自由な悪ガキどもだろう。俺が聞いているとおりなら、この穴の中にいる人物は彼らに読み書きを教えた恩師にあたるはずなのだが。

「じゃかぁしぃ！　騒がんでも聞こえとるわい！」

叫び声と同時にムシロがガバリとめくれた。中から飛び出してきたのは、頭髪が抜け落ちガリガリに痩せた半裸の老人だった。全身泥まみれで、もはや服とは言いがたいボロ布が申し訳程度に体を覆っている。子供たちはキャー！　っと言いながら斜面を駆け降りていった。

「なんじゃ！　セイルんとこのクソガキどもか！　せーっかく気持ちよく寝とったのに！　もう二度と来るな！」

拳を振り上げてそう叫ぶ老人を見て、子供たちが斜面の下からケタケタと声を上げて笑った。

「アナグマじじぃ〜！　お客だよ〜！」

「客だぁ!?　誰も連れてくるなとゆうといたろうが！」

「だって、勇者様だよ！」

「何を馬鹿なことを！　そんなもん与太話に決まっとろうが！」

「ほんとだよ！　白い竜に乗ってきたんだよ！」

「白……ヴェラルゴンか？　まさかのう……」

そこでようやく老人は俺の存在に気がついたらしい。

「……では、お前が神殿に召喚されたとかいう勇者か？」

「はい、そうです」

老人がギロリと俺を睨んだ。今にも死にそうなその体軀《たいく》に似合わぬ、力のこもった恐ろしい眼だった。

「で、神殿の勇者とやらが何の用じゃ。ワシを捕縛しに来たか？」

老人の額には不気味な烙印《らくいん》が押されていた。きっと追放者の証《あかし》か何かだろう。この印を押された者は、一切の法による保護が受けられなくなるのだ。

「いえ、違います――」

「あぁ、そうだろうとも、ちゃんと分かっておる。おい！　ガキども！　今日はもう家に帰れ！」

老人はシッシッと手を振って子供たちを追い払った。子供たちも、その口調から何か真剣なものを感じ取ったらしい。今度は素直に従い、不安そうに何度も振り返りながら村へと帰っていった。

「分かっておる。捕縛するつもりなら竜ではこまい。ワシはあれには乗れんからの。この場で殺すつもりじゃろう」

「いえ、そうではなくてですね――」

「だったら何の用じゃ！　お前らの言いつけどおり、オークに関してはもう何もしゃべっておらん！　字も書かなければ、鼻だって鳴らしとらん！　すべての研究からも手を引いた！　これ以上何を求めておるんじゃ！」

「ですから貴方を罰しに来たわけでは――」

「ええい！　まだるっこしい！　さっさと用件を言わんかい！」

なんという理不尽。

「私はあなたのお知恵を借りに来たのです」

「知恵だぁ？　そんなもん学僧どもに聞けばよかろう。研究成果はすべて残してきた。わざわざワシに訊《き》かんでも、あれを読めば分かるはずじゃ。それともなにか、おぬしは字が読めんのか」

「いいえ、読むだけならできます。しかし、その資料がこれについてはもう残っていないのですよ」

そう言ったとたん、老人の目が疑いに満ちたものに変わった。

「本当にまだるっこしい奴じゃ。そうやって、言質《げんち》を引き出してから殺すつもりだな？　そうはいかんぞ！　ワシはもうオークには関わらん！　だいたい、名を持たぬジジイの一人くらい、問答無用で殺してしまえばよかろう。何の問題も起こらん。何しろ名がないんじゃからな！　まぁ、どうせロムウェルにそう言い含められておるんじゃろう。まったくあの半端者ときたら、疑い深く小心者のくせに妙に信義にこだわりおる。そんなだから、不安になってもワシがおとなしくしている限り殺せんのじゃ。あれじゃ生きづらいにも程があろうに――」

途中から完全に俺を無視して、独り言モードに入ってしまった。ロムウェルって誰だったかな？

あぁ、確か大神官長の名前だったか。

まぁ、彼の境遇を考えればそう疑うのも無理はない。まずは、ウォリオンからのお土産を渡してみよう。多少なりとも信用してもらえるかもしれない。

「こちらは、さる高位の神官から託された品です。どうかお納めください」

そう言って俺は例の酒瓶を差し出した。すると、止まることなく続いていた独り言がピタリとやんだ。

「こ、こりゃぁ……！」

老人は俺の手から瓶をひったくると、栓を抜いてクンクンと匂いをかいだ。それから、震える手で栓を戻すと、また俺を睨んだ。

「……おぬし、これが何だか知っておったか？」

「はい、蒸留酒でしょう。貴重な品と聞いています。それを託されたときに、一口だけ味見をいただきました」

「この大阿呆《おおあほう》めが。これはただの酒ではないぞ。聖ホルンが作り出した最初の十樽がうちの一瓶よ」

「誰ですか？　それは」

「聖ホルンを知らずにこれを口にしたのか！　無知とはなんと恐ろしいことか！　恥を知れ！　ならば教えてやる、聖ホルンは酒の中から酒精だけを取り出す法を編み出した学僧の名だ。この瓶に入っているのは、完成されたその技法をもって作り出された、最初の十樽の中身よ。この高貴なる聖水が生み出されてから八十余年。今や、七樽が空になり、残る樽とて半分も入っておらんだろう。あの聖水の樽はどういうわけか、漏れもしないのに中身が少しずつ減っていくからな。きっと神が盗み飲みしておるのじゃろうて。そうとも、間違いなく神は酒乱であらせられる。酔っていたのでなければ世界を斯様《かよう》に乱雑にお創りになるわけがないからな！」

そんなに貴重なものだったのか。俺が感心している間も、この老人の口は一向に止まらない。

「おい、これをお前に託したのは……いや、言わんでも分かる。どうせウォリオンの奴じゃろう。まったく阿呆な男だ。昔から賢い男とは思っていなかったが、これほどの大馬鹿者とは思わなかった。こういうものは自分一人で長くゆっくりと楽しむべきだろうに。ワシのところに寄こしてしまえば、一晩でなくなってしまうということすら分からんとは！　のう、おぬしおかしいとは思わんか？　ワシのような高位の神官が、『酔った挙句に神像に小便をひっかけた』なんて馬鹿げた罪状で追放されたのに、誰も疑いもせんのじゃ！　事情を知るウォリオンですら信じかけておったのだぞ！　いったいワシを何だと思っとるんじゃ！　そもそも──」

不意にその口が止まり、老人は俺にずいと手を差し出してきた。骨ばって、泥と垢《あか》にまみれた汚い手だ。握手かと思い握り返したら、振り払われてパシリと叩かれた。

「なんじゃ気持ち悪い！　盃を寄こせと言うとるんじゃ！　それとも何か。か弱い老人にこんなもんを瓶から直接飲ませる気か。さては貴様、やはりワシを殺すつもりじゃな！」

「とんでもない。ちょっと待っててください。探してみます」

俺は背嚢をごそごそとあさった。盃はもちろんない。竜舎に残してきた野営具の袋になら、何かしらの食器があったんだが。

しかたがないので、俺は手近な拳大の石を拾い上げた。老人は文句を言うことなく、俺がそれで何をするつもりか興味深げに見ている。左手に石を持ち、右手にナイフ大の〈光の槍〉を出す。〈光の槍〉は何でも切れる。それでもって、適当にコップを削り出す。多少不格好だが、そこは目をつぶってもらわなくてはならない。

「ほう、装具もなしに槍を出すか」

老人が目を丸くした。どうだ、これが勇者が持つ特別な能力だ。凄かろう。

「おぬし、よほどロムウェルの奴に気に入られとるようだの」

ん？　どういうことだ？

「なんじゃ、その顔は。何も聞かされておらなんだのか？　その祝福された装具なしに魔法を使う術は、神殿騎士団でもごく一部にのみ伝えられる秘法よ。仕組みさえ知っていればそう難しいものでもないがの。だからこそ神殿騎士の中でも、神殿に絶対の忠誠を誓う本当に信頼のおける者にしか伝えられぬ。貴族どもにこの技が漏れでもすれば一大事じゃ。魔力さえあれば誰でも装具なしで魔法が使えるとあらば、教団の存在意義が大きく損なわれるからの」

初めて聞く話だ。

「これは神殿から与えられたわけではありません。私はこの世界に召喚された際に、神から魔法を模倣する能力を与えられていますので」

老人の目がとたんに輝きだした。

「なんじゃその能力は！　ぜひとも研究させてもらいたいものだな。いったいどうやって模倣するのだ？　そもそも、その能力とやらはいったいどうやって……」

だが、その言葉が急激にしぼんでいった。心なしか、老人の体までしぼんでしまったように見える。

「……まぁいい。今のこの身の上では研究なんて土台無理な話じゃわい。神から与えられた魔法を模倣する能力とはまったくもって荒唐無稽だが、ロムウェルに信頼されたなんて与太話よりはまだ信じられるな。おぬしは本当に勇者なんじゃろう。で、その勇者様がこの破戒僧に何の用じゃ」

ようやく本題にとりかかれるらしい。長かった。

「貴方のお知恵をお借りしたい。オークの言葉を教えていただきたいのです」

老人は小馬鹿にしたようにフンと鼻を鳴らした。

「なるほど。それで、勇者様はオーク語を習って何を為《な》さるおつもりじゃ」

さてどう答えたものか。……ここは正直に言うのが一番だろう。

「講和を。オークと和睦を結び、平和を手に入れます」

老人はポカンとした顔で俺の顔を見つめた後、腹を抱えて大笑いしだした。

「何がおかしいんですか」

俺が聞いても、彼は無視して地べたを笑い転げ続けている。ひとしきり笑って満足したらしく、彼は上半身を起こしながら言った。

「おぬしを笑っとるんじゃない。大きな夢、結構。だが、ロムウェルの奴が怖れていたとおりになりそうなのでな」

「大神官長が？」

「オーク語の研究を咎められたとき、ワシは散々研究の利点をあやつに説いてやったのよ。オーク語が分かれば、捕虜どもから奴らの国の情勢を聞きだすことができる。これは言うまでもなく軍事上の利点だ。なにより、技術に関してはオークどものほうが明らかに進んでおる。おそらく古代人の遺跡についても多くの知識が蓄えられておるだろう。遺跡のほとんどは山脈の向こうにあるのだからな。それらの情報を集めることができるようになれば、ワシらは今よりずっと有利に戦えるとな」

至極もっともな話だ。どこに拒否する要素があったのだろうか。

「宗教上の禁忌はそれほど重いのですか」

「禁忌？　そんなものはありゃせん。これはロムウェルの判断よ。奴の考えと、ワシの考えは違ったのさ」

そう言って彼は肩をすくめた。

「これだけの利点を並べても、奴はリスクのほうが大きいと言い張ってな。ワシはアイツに『そんな阿呆なことを考える奴があるものか！　ありもしないリスクを気にしてこれだけの利点を捨てるつもりか！』と怒鳴りつけてやったんだが……」

老人は俺を見てニヤリと笑った。

「そんな大阿呆が本当に現れおった。いやはや。できるできないはさておいて、結局奴が正しかったらしいな」

「和平がリスクとでも？　なぜですか」

「そんなことは奴に聞け。阿呆な理屈だったが、あやつは本気で信じておる。本当に和平とやらを進めるつもりなら、いつか聞かねばなるまいて。まぁその話はどうでもいい。オーク語を習いたいのだったな」

「はい。そうです」

とても気になる話だったが、どうでもいいと言われてしまった。

「いいだろう。教えてやる。だが、条件がある」

「伺います」

「まず第一に、ワシを保護し、生活の面倒を見てもらいたい。見たところ、それなりの身分を得ているようだ。哀れな老人を一人匿うぐらいはできるじゃろう」

「承りました。あなたの身柄は、〈カダーンの丘〉で保護させていただきます。住居についても私の居館に一室用意させましょう」

言われなくてもそうするつもりだった。習い事をするためにこんな僻地《へきち》まで通わされるんじゃたまらない。

「おぬし、元帥なんぞやっとるのか。似合わんのぅ。まぁいい、二つ目の条件じゃ」

「はい」

「ワシの研究にも援助をしてもらう。まずはオーク語の研究じゃ。ワシのオーク語辞典はまだ完全とは言いがたいからな。もちろん秘密は守ってもらう」

「大神官長との約束はいいんですか？」

俺は一応聞いてみた。

「研究をしないなどという約束はしとらん。アイツも研究するなとは言っておらぬ。ただ、『これ以上オーク語を研究したり、広めたら殺す。何もしなければ放っておいてやる』と言われただけだ。あいつが自分のした約束を守り損ねたとしてもワシの知ったことではない」

なるほど、筋は通っているな。だけど、その時に大神官長との間に立たされるのは俺なんだが。もっとも、俺としても彼には研究を続けてもらわなくては困るのだ。できるだけ見つからないようにするしかないな。

「分かりました。可能な限り研究にも便宜を図りましょう」

「では、話はまとまったな。おぬしの館に着き次第、オーク語を教えてやろう」

そう言ってから、老人は自分の住居たる洞穴を振り返った。

「こういう雑念のない暮らしも悪くはなかったがの。さすがにこの年になると体にこたえる」

そう言って彼はウ〜ンと腰を伸ばした。

「お察しします。しかし、どうしてそこまでオーク語にこだわったんですか？　諦めてほかの研究をすれば、こんな目にあうこともなかったでしょうに」

俺の問いに、老人は不機嫌そうに鼻を鳴らした。

「諦められるものか！　あれが一番の近道だったんじゃ。おそらく、ほかの道はもっと困難じゃろう。少なくとも、ワシの生きていられるうちには進展はあるまい」

「オーク語が近道？　どういうことですか」

「お前のような阿呆にも分かるように、順番に説明してやる。ワシの本来の研究対象は、古代人の技術だ」

「古代人というと、〈大竜舎〉や、〈竜の顎門〉を作った人々ですか？」

「話の腰を折るでない！　〈竜の顎門〉はそうだが、〈大竜舎〉は違う。あれは、また違った文化と技術を持っている」

叱られてしまった。

「ワシには夢があった。古代人の技術を復活させ、人類に再び偉大な時代をもたらすという夢だ」

「それがオークとどう関係するんですか」

「だからそれを今から説明するんじゃ！　阿呆がいちいち口を挟むでない！　分からぬなら最後まで聞いてからその口を開け！」

ごめんなさい。

「古代人の遺《のこ》したものは少ない。我々の手の内にあるのは、あの〈竜の顎門〉ぐらいなものだ。ワシはほかの学僧らとともに、〈顎門〉の大魔法陣をちまちまと調べながら日々を送っておった。もちろん、研究の進展なぞほとんどない。絶望しかかっていたある日、竜騎士どもがとんでもないものを持ち込みおった！　なんだと思う？」

「……分かりません」

「本じゃ。それも、古代人が書き残したと思われる本だ！　そいつはリーゲルとかいうとんでもない阿呆でな。暇潰しに〈古の都〉まで竜で飛んでいったというんじゃ！　暇潰しでオークどものど真ん中へ飛び込むとは！　いったいどれだけの阿呆であればそんなことを思いつくのか！　あの日ほど、神がこの世に阿呆を創り給《たも》うたことに感謝したことはなかったな。神がいるのであれば、今まで散々罵ってきたことを詫びてやってもいいと思えたほどだ」

この爺《じい》さん、本当に元神官なのか？　それにしてもリーゲル殿、大手柄を上げたというのに散々な言われようである。

「その本にはな、なんとあの〈竜の顎門〉のことが書かれておった。字のほうはまったく読めんのでな。たまにある絵図からの推測じゃ。だが、間違いない。あれは紛れもなく、〈竜の顎門〉についての記述が多く含まれていた。あの大魔法陣の縮小された写しまであったのじゃ。実に精密に、細かく描き込まれておっての。どうやったらあんなに細い線が描けるのかさっぱり見当がつかん。拡大鏡で広げて見てようやく細部が確認できるのじゃ。拡大鏡は知っとるかの？　そうか、知っとるか。おぬし、あれが何なのかは知らんじゃろう。いや、拡大鏡じゃない。〈竜の顎門〉のことだ。あれはただの城壁などではないぞ。あれの地下には巨大な竜が封印されている可能性があるのだ。そういう絵図があったのだ。地下に八本の杭《くい》で大地に縫い留められた竜の図だ。あぁ、信じられんというのは分かる。否定せんでも顔に出ておるからな。もちろん何か別なことを表した、ただの暗喩という可能性もある。だが、ほかの記述の正確さや、封印の術式と思われる詳細に書かれた魔法陣を見る限りあながち荒唐無稽とは言いきれぬ。ワシらが『地脈の魔力』と呼んでいるものも、もしかしたら――」

だめだ。完全にトンでる。

「あの、さすがに脱線が……」

「なんじゃ、それが人から学ぼうとする者の態度か？　師匠が気持ちよくしゃべっているのだから、黙って聞かんかい！　まったく敬意が足りておらん！　まぁいい、話を戻してやる」

悪態はつかれたが、本題には戻ってもらえた。

「その本に、大魔法陣の解明に関わる情報がぎっしりと詰まっているのは間違いなかった。その日から、本の解読がワシの研究の中心になった。まず最初は、ワシらが知っている魔法陣と、本の絵図を比較し、そこに書かれていることを推測しようと試みた。一定の成果は上がり、部分的にではあるが大魔法陣の機能について推測することができるようになった。だが、そこで研究は行き詰まった。相変わらず、肝心の文字そのものはまったく読めないからだ。その本一冊では、文字の意味を推測するには情報が足りなすぎるのだ。のう、おぬしならどうする？」

「……〈竜の顎門〉を調べる、でしょうか？」

「そうじゃ。ワシらは〈顎門〉の再捜索を徹底的に行った。じゃが、隠し部屋をいくつか見つけただけで、何の成果も上がらなかった。次はどうする？」

「ほかの遺跡を探すのはどうでしょう？」

「うむ、だが山脈のこちら側で古代人の遺跡はあれだけだ。ワシは山の向こう側に目を向けた」

「しかし、山の向こうはオークが……」

「そうじゃ。だから最初のうちは討伐軍にくっついて、向こう側を調べておった。だが、山脈近くにはろくな遺跡がない。おそらく、古代人の時代からあのあたりは辺境もいいところだったんじゃろうな。もっと南側の情報がいる。だが、オークの勢力圏を闇雲に探し回るわけにはいかない。オークどもから情報を集める必要があった。奴らに道案内させることができれば最上だ。道案内ばかりではない。おそらく、オークどもも自身で古代人の遺跡を調査しているはずだ。それらの資料を手に入れることもできるかもしれん」

「なるほど。それでオーク語が必要になってくるわけですね」

「ようやく理解したか。まったく、面倒なことをさせおって」

そう言う割には楽しそうにしゃべっていた気がする。

「ともかく、私は一度〈竜の顎門〉に戻らねばなりません。なるべく早く迎えの者を寄こしますので、今しばらくお待ちください」

「うむ、分かった。迎えがくる前にワシが凍ってしまわんといいがな――待て〈竜の顎門〉といったか。おぬし、あそこに自由に出入りできるのか？　〈大魔法陣の間〉にも？」

「はい。今、〈大魔法陣の間〉は魔法障壁再起動の儀式のため開放されています」

「なんと！　まさか、アレを本当にやることになるとは思わんかったわい。順調か？」

「今のところは」

「責任者は誰だ」

「学僧の長であられるウォリオン殿が受け持っています。ウォリオン殿とは儀式を通して知己を得たのです」

「あぁ、ワシの後任はあいつか。あれもたいがいな阿呆だが、だいぶマシな阿呆だ。何かあっても対処できよう」

なんとなくこの老人の呼吸が読めてきた。たぶん、これは最上級の褒め言葉なんだろう。

「さて、物のついでだ。〈竜の顎門〉へ行くなら、一つ頼みたいことがあるんじゃが」

第六章　オークと言葉

〈大魔法陣の間〉の壁には、等間隔に二十の扉が存在している。それぞれが大小様々な部屋に通じており、それらは今は神官たちの休憩室として使われていた。中でも一番大きな部屋には大量の長机と椅子が運び込まれ、臨時の食堂に改装されている。ここには昼夜の別なく疲れ果てた顔の神官たちが入れ代わり立ち代わりやってきては、モソモソと食事を詰め込んで去っていく。誰も一言もしゃべらない。皆疲れきっているのだ。ここに食事を提供し続けるために、要塞の厨房《ちゅうぼう》も臨時の人間を雇い入れて昼夜を問わず稼働しているという話だった。

その食堂の一番奥には、大理石で作られた今にも動きだしそうな等身大の人物像があった。表情はもちろん、服や装身具までもが精緻に彫り込まれており、服の下の筋肉まで感じ取れそうだった。その手首には十三もの宝環が巻き付いており、高貴な人物を模していたらしいことが察せられる。ベルトのバックルには、〈顎門〉の水門に似た水龍の紋章が彫られていた。その台座はまっさらで、彼の名前らしきものは刻まれていなかった。制作当時は、名前を記す必要がないほど有名な人物だったのかもしれない。だが、長い年月の間にその由来は失われ、今となってはどこの誰だっ

って いた。

たのかも分からない。今はただ、すっかり色あせ、剝げ落ちた塗料の残りカスが昔日の栄華を物語
さて、その石像の背後の壁に、だいたい五十センチメートル四方の小さな戸板がある。それをめくると、小さな横穴がぽっかりと開く。大人がかろうじて這い進める程度の小さな穴だ。かつては、周囲の石壁と同じようにブロックで塞がれていたという。かなりの奥行きがあり、ランタンのか弱い灯《あか》りでは一番奥まで見通すことができない。

この中に這い込むには大変な勇気がいる。万が一途中でひっかかりでもすれば、穴の中で身動きが取れないまま一生を終えることになるのだ。やはりジョージを連れてくるべきだった。彼がいれば、ロープを俺に結わえておいて、万が一の時に引っ張ってもらうことだってできたのだ。

だが、ジョージを連れてくるにはリスクもある。何しろ、ここには魔力持ちの神官のほぼ全員が集められているのだ。もし万が一、彼を知っている神官に見つかれば、いらぬ注目を集めることになる。今回はあまり神官たちの注目を集めたくない。

俺は周囲の様子を窺った。神官たちは皆、疲れきった顔で黙々と食事を続けている。誰も俺に注意を向けてはいない。俺は意を決して、横穴へするりと入り込んだ。

幸いにも、横穴は奥に行くにつれ少しずつ広くなっていき、やがてかがんで歩けるほどの広さになった。ランタンの小さな灯りを頼りに、さらに奥へと進む。通路の空気は湿っていてかび臭い。

静まり返った闇の中で、時折水たまりを踏むぴちゃぴちゃという音がこだまする。幾度か角を曲がると、やがて二畳ほどの広さの小部屋に行きついた。

一番奥の壁には、「真実の口」に似た不気味なレリーフが設置されていた。ぽっかりと開いたその口の中は真っ暗で、ランタンをかざしても何も見えない。試しに少しだけ手を突っ込んでみると、黒い霧のようなものにすっとのみ込まれた。賢者様から聞いていたとおりだった。古代人の魔法のなせる技だ。

調査番号三十三、〈邪神の間〉。学僧たちによる大規模調査で発見された隠し部屋の一つだ。報告書には、この不気味なオブジェ以外には何も見つからなかったと記されている。だが、この部屋には、まだ報告されていない秘密があった。

俺は邪神の口の中に差し入れた手を思いきって肩まで突っ込んだ。この彫刻も入り口の石像と同じく今にも動きだしそうに見えた。このまま腕を嚙み千切られたらどうしよう。そんな恐怖感をグッと抑え、口の中を手で探っていく。指先につるりとした感触。これか。ようやく探り当てた球形のそれに掌《てのひら》をピタリと当て、魔力を込める。

とたんに、彫像の口から黒い霧が噴き出してきた。あっという間に視界が失われる。

『慌てて手を離すなよ』

賢者様はニタニタ笑いながらそう言っていた。

『闇の中に取り残され、戻れんようになる』

口元は嗤《わら》っていたが、目は真剣だった。ウソかホントか知らないが、試してみる気にはなれない。そのまま魔力を込め続けると、少しずつ黒い霧が薄れ始めた。視界が戻るまでにそう長くはかからなかった。

開けた視界の先には、先ほどまでとはまったく違う景色が広がっていた。

*

俺は洞穴の隠者から一つの頼みごとを受けていた。

「さて、物のついでだ。〈竜の顎門〉へ行くなら、一つ頼みたいことがあるんじゃが」

「できることであれば、何なりと」

「実は捕縛される直前、あそこに辞書を残してきたんじゃ」

「辞書？　何でそんなものを？」

「阿呆め。分からんのか。オーク語の辞書じゃ。隠しておかねば、奴らに焼かれてしまうでな。ジャガイモに作らせた写しを、あそこに隠したんじゃ」

「ジャガイモ!?」

俺は間抜けにも聞き返してしまった。

「ワシが飼っていたオークの名だ！　ジャガイモをふかしたのが好物だった。どうでもいいことをいちいち聞くな。まったく、阿呆を相手にしておるといつまで経っても話が進まん」

だって、辞書を書き写すジャガイモなんて気になるじゃないか。それにしてもひどいネーミングセンスだ。

「あそこには、ワシの秘密の書斎があってな。若いころは阿呆な上司に次々とつまらぬ調べ事を押し付けられる。偉くなってようやっと自分の研究ができるようになったと思えば、今度は阿呆な部下どもがいちいちつまらぬことでお伺いをたてに来る。辟易《へきえき》していたところで、偶然あの部屋の秘密を見つけてな。神殿には報告せず、阿呆どもから逃げ出したいときに籠もる部屋にしておったのよ」

なるほど。それから俺は、隠し部屋への入り方を事細かにレクチャーされた。レクチャーを受けた後に、俺は隠者殿に何と呼べばいいか聞いてみた。

「好きに呼べばいい。元の名前は自分で捨てた。神殿での名前はもうない」

そっけない返事だった。

「では『賢者様』と呼ぶことにします」

賢者様はものすごく嫌そうな顔をしたが、「好きにせい」と言ってくれた。俺はそれを聞いて、再び竜に跨がり〈竜の顎門〉へと舞い戻ったのだった。

＊

黒い霧が晴れた。俺は先ほどの〈邪神の間〉とはまったく別の部屋にいた。俺はおそるおそる邪神の口から手を引き抜いた。黒い霧の中からするりと自分の手が出てくる。その手が無事なことを確認して、俺はホッと一息ついた。

俺の背後にあった狭くて真っ暗な通路は消え失《う》せ、天井の高い奥行きのある部屋に代わっていた。振り向いて真っ先に目に入ってきたのが、灯りに照らされた石の寝台だった。寝台の上には、一体の骸骨が仰向けに横たわっていた。よほど古い時代のものらしい。衣服はほとんどが風化し、わずかに残ったカサカサの切れ端が微かにその名残をとどめていた。骸骨は金銀銅の様々な宝飾品を身にまとっていた。それらは入り口にあった彫像が身に着けていたものにどことなく似ていた。ベルトのバックルであったらしい銅板には、あの彫像と同じ水龍の紋章があしらわれている。この骸骨は、あの彫像と同一人物なのだろうか？　あるいは、その子孫だったのかもしれない。

石の寝台には、骸骨に沿って人型のシミが残っていた。この男はきっと、肉をまとったままここに安置されたのだ。あるいは、自分でここに横たわったのかもしれない。そしていずれにせよ、そのまま目を覚まさなかった。いったい、彼はどんな最期を遂げたのだろうか。今となっては知りようもない。

彼が身に着けている数々の財宝はまったくの手つかずで、手を触れた痕跡すらなかった。賢者様は自分の研究に夢中で財宝には興味を持たなかったのだろう。あるいは、あんな男でもこの遺体に冒してはならない尊厳のようなものを感じ取ったのかもしれなかった。少なくとも、俺はそれを感じた。この遺体は、このままそっとしておかなければならない。ひょっとして、この世界の守るに値する部分は、とっくの昔に彼とともに滅んでしまったんじゃなかろうか。俺は、その残滓を守るためだけにここにいるのではないか？　そんな気さえしてしまう。

俺は不穏な考えを振り払い、周囲を見まわす。すると、部屋の隅に小さな書き物机があるのを見つけた。こちらは木製で、さほど古い時代のものではなさそうだ。おそらく賢者様が自分で持ち込んだのだろう。しかしいったいどうやって持ち込んだんだろうか？　一度バラバラにして、ここで組み立てたとしか思えない。賢者様が人目を盗んで木材を持ち込み、あの狭い通路を必死で通り抜けようとする様を想像すると少しだけ笑えた。あの老人は、この物音一つしない部屋で研究に没頭していたに違いない。骸骨の傍らで、黙々とペンを走らせるその姿が俺には容易に想像できた。いかにもあの老人らしい。

書き物机の引き出しをそっと開けてみる。中にはインクやペンが転がっているだけだった。賢者様によれば、この書き物机にはちょっとした仕掛けが施されているらしい。秘密の部屋の、秘密の机だ。なんとも男の子の心をくすぐってくる素敵なシチュエーションじゃないか。

俺は賢者様に言われたとおり、机の脚を自分の足で固定すると、天板を両手で摑《つか》んで横にずらした。さらに天板を縦にずらし、引き出しを半分だけ開ける。それから天板を持ち上げるとガコッと音がして、外れた。

天板を脇に置いて机の中を確認すると、引き出しのさらに奥に空間があった。そこに目的のものが入っていた。それは分厚い一冊の本。その表紙は神殿の聖典そのものだが、中身は違う。偽装を兼ねているのだろうが、それ以上にあの老人のいたずら心の賜物に違いない。

本を開き、その中身を確認する。近頃見慣れてきたこの世界の人類の文字と一緒に並ぶ、まったく見慣れない奇妙な文字。間違いない。これこそ賢者様の研究の集大成。聖典に偽装されたオーク語辞典だ。


オーク語辞典を回収した俺は、神官たちに見つからぬよう食堂の横穴から慎重に這い出した。が、石像の陰から出たところで近くの机で食事をしていた神官と目が合ってしまった。彼は突然現れた人影にぎょっとしたようだったが、疲れた顔で頭を小さく振ると、そのまま食事に戻った。

そのまま食堂を出て、〈大魔法陣の間〉へと抜ける。そこでは千人を超える神官たちがぶつぶつと呪文を唱えながら魔力を放出し続けていた。人の気配がまるでない秘密の部屋から抜け出した後ではとても騒々しく思える。だが、同時に生命の気配にも溢《あふ》れていて、少しホッとした。あの異界じみた空間から、確かに戻ってこられたのだ。

聖典を小脇に抱えて何食わぬ顔で〈大魔法陣の間〉を横切ろうとしたところで、ウォリオンと出くわした。ちょうど彼の巡回の時間だったらしい。

「おぉ！　勇者様！　お久しぶりです。もうお戻りになっていたのですね」

「はい、挨拶が遅れて申し訳ありません。おかげさまでよい風に恵まれました」

ウォリオンは俺が抱えていた聖典に目をやった。

「どうです、読み書きの教師は見つかりましたか？」

「はい、とても潑溂《はつらつ》とした御方でした。この聖典を書写しながら、正しい文字と、正しい文、それから正しい信仰を学ぶようにと言われたのです」

「なるほど。それはよいことです。……しかし、その聖典はとても貴重なものとお見受けします。くれぐれも、なくしたりせぬようにしてください」

彼はこの聖典の中身を察しているらしい。

「もちろんです。師匠にも、必ず無傷で返せと言われております」

「ところで、勇者様は紙はお持ちですかな？　それを書き写すとあれば、それなりにまとまった量が必要になるでしょう」

「いえ、これから手配する予定です」

「それならば、我々が持ち込んだものを少し融通しましょう。これ、勇者様に紙を一束分けて差し上げなさい」

ウォリオンは従っていた少年神官の一人をこちらに寄こしてきた。それから相変わらず儀式は順調である旨を俺に報告し、去っていった。

「では勇者様、倉庫に案内します。ついてきてください」

俺は少年神官の後を追った。


俺は重たい紙の束を抱えて、ジョージたちが滞在している民家へと向かった。戸口に迎えに出てきたジョージは、俺を見て目を丸くした。

「おかえりなさいませ、勇者様。あの、それはいったい……」

「話は後だ。場所をあけてくれ」

家の床は土がむき出しだ。それなりに高価な品である羊皮紙をそのまま置くのは気が引けた。

「は、はい。少しだけ待ってください」

ジョージは家政婦の老婆を呼び寄せると、彼女と一緒に大急ぎでまだ食器が残っていた机を片付けてくれた。

「それ、よっこいしょ、と」

紙の束とともに、例の聖典を机の上に降ろす。さて、こいつをどうしたものか。本当であれば、すぐにでも〈カダーンの丘〉の居館に送って厳重に保管しておくべきなのだろう。トーソンは信用できる男だ。だけど、俺はどうしてもこいつのことを試してみたかったのだ。ついでに、可能であれば書き写して自分用の写本を作りたかった。

書き写す許可はとってある。ただ、絶対に信用のおける者以外の目には触れさせるなと、くれぐれも念を押されていた。

『写すのは構わんがな、書写屋はもちろん、製本屋にも決して渡すな。製本屋は、ワシが到着したらいいところを紹介してやる。盲の職人がおってな、そこでならどんないかがわしい本も、秘密を漏らすことなく製本させることができる。なに、腕は確かじゃ。くれぐれも、ほかの者に見せてくれるなよ。お前たち阿呆は時々信じられないことをするからな』

家政婦には少し酒場で休憩してくるよう伝える。老婆が小遣いを握って遠ざかっていく気配を確認した後、俺はジョージを呼び寄せた。

「ジョージ君、秘密を守れますか？」

俺の問いに、ジョージは訝しげな顔をする。

「はい、勇者様。もちろんです」

「漏らせば、命を落とすことになります。それでも守れますか？」

「はい。神に誓って。すでに私の命は勇者様のものです」

まっすぐな答えだ。俺はジョージにもう一度念を押した。

「その神の教えに反することだとしても？」

この問いに、彼は明らかに動揺した。彼が決意するのには少しだけ時間を要した。だが、それでも彼は決意してくれた。

「はい、勇者様」

大変よろしい。

「では一つ頼みがあります。あの本を書き写してもらいたいんです。書写の経験はありますか？」

そう言って俺は例の聖典と羊皮紙を指した。

「はい、修行の過程で聖典を書き写したことはありますが……」

ジョージは、いったいそれのどこが神の教えに反する秘密なのか？といった顔をしている。もっともな疑問だ。

「開いてみてください」

俺は聖典を開くよう促した。彼はおそるおそるその表紙をめくる。

「勇者様……見たことのない文字です。これはいったい……」

「知る必要はありません。ただ、私の仕事と関係しているとだけ言っておきます。君には、これを書き写してもらいたいのです」

「……了解しました」

ジョージは馬鹿ではない。これが何なのか薄々察したはずだ。何しろ、彼は俺がオークに言葉を教えようとしているところを、一番間近で見てきたのだ。

「作業に入る前に、秘密を守るよう誓いをたててもらいます」

誓いがジョージにどの程度効果があるかは知らないが、何もしないよりはマシだろう。

「はい、神に……いえ、我が父の名に懸けて、私は秘密を守ります」

彼にとって父親はどんな存在だったんだろうか。スレットの話を聞く限り、子供たちにはそれなりに慕われていたようだったが。

俺たちがそんなやり取りをしていると、オークの太郎がヨタヨタとこちらへ歩いてきた。それから、机の上の本に気づいたらしく、中身を見ようとピョンピョン飛び跳ねた。以前なら何かに怯えるようにビクビクとこちらの様子を窺うだけだったろう。それが、いつの間にかこんなにもノビノビ振る舞っている。どうやらジョージは、彼もとい、彼女をずいぶんとかわいがっているらしい。

ジョージがこちらをチラリと見上げた。まぁ、構わないだろう。俺がうなずくと、ジョージは太郎を抱き上げた。本を持ち上げて見せてやったほうが楽だろうに。

さて次は、オーク文字が読めるオークを見つけてこなきゃな。太郎が読めれば話は早いが、そこまでは期待していない。オークどもの識字率はどの程度なんだろうか？　オークは前装銃で武装していた。彼らが俺の世界の人類と同じような流れで発展してきたのなら、彼らの識字率はまだそう高くないはずだ。おまけに、人間に捕まっているのはほとんどが農民か兵士たちだろう。十分な教育を受けていない可能性が高い。

かといって、悲観しなければならないほどでもないはずだ。軍隊でも指揮官クラスであれば十分に期待できる。あるいは、どんな村にも一人二人は読み書きができる者がいたはずだ。さもなければ、まともに村を運営できないだろう。それらを見つけ出すには――

その時、本の中身を見た太郎が激しくブヒブヒ言い出した。身をよじってジョージの手から抜け出すと、かまどに立てかけられていた火掻《か》き棒を手に取り、何やら床面をゴリゴリやりだした。

おっと、これはまさか……！　俺は急いで辞典を手に取ると、太郎が書きだした文字らしきものを探し、ページをめくる。探し出すのにはひどく時間がかかった。何しろ、この辞書は人間の言葉の綴《つづ》り順に並んでいるのだ。たぶん、人間の言葉を辞書から抜き出して並べた後、その隣にオーク語を書き加えていったのだろう。

辞書を最初から最後まで嘗《な》めるように調べて、ようやく見つけた。太郎が書きだした三つの単語、その意味は――

『私』、『読む』、『文字』

――いきなり大当たりだ。

オーク語辞典を手に入れてから二ヵ月近くが経った。

魔法障壁再起動の儀式は順調に進んでいる。俺ももうじきこの退屈な任務から解放されるはずだ。俺たちのレッスンは急速に進展していた。同時に、オークたちの社会についてもぼんやりと分かってきた。

まずは、身近な話題から。俺はオークの太郎に、自分の名前を書かせてみた。辞書で調べてみると、それは「白い花」を意味する言葉によく似ていた。女の子らしい可憐《かれん》な名前だ。少し綴りは違うが、おそらく人名として使われるときに何かしらの変化があるんじゃなかろうか。そういう細い文法の類は、賢者様が到着したら聞いてみよう。

ともかく、それを知った俺は太郎の名を改めることにした。俺は『ジャガイモ』などというい加減な名をつける輩《やから》とは違うのだ。だが、オークの言葉をそのまま発音するのは不可能だ。だから、似た意味の名前を付けることにした。

「いいか、お前の名は『花子』だ。これ以降、お前のことは花子と呼ぶ」

花子に向かってそう宣言したが、彼女はきょとんとしていた。何度か彼女を指さし、「花子、花子」と連呼すると、どうやら分かってくれたらしかった。それ以降、花子と呼んでも反応してくれるようになった。

戯れに、何か欲しいものはあるかと辞書を引き引き尋ねたら、彼女はオドオドと小さく文字を描いた。そこには『服』と書かれていた。なるほど、季節はもう冬。衣類なしではきつかろう。なにより、花子は花も恥じらう乙女なのだ。たぶん。もっと早くに気づいてやるべきだった。俺はさっそく、家政婦の老婆にオークサイズの服を用意するよう指示をし、聞き取りを続けた。

彼女が書くオーク語の文章をどうにか読み解いたところによれば、彼女は、さる貴人の侍女の一人であったらしい。ところが数年前、領地を見まわっていた彼女の主人は不幸にも我らが人類の襲撃を受け、一同揃って捕虜となってしまったのだそうだ。ちなみに、彼女らを襲撃したのは白装束の軍勢だったそうだ。間違いなく、リアナ姫率いる神殿騎士団の仕業だな。彼女たちは収穫期以外にも時折〝討伐〟に出かけていたと聞いている。そして主人とは奴隷市場――人類側の呼称では家畜市場――で離ればなれとなり、その行方は杳《よう》として知れない。

それ以降はご存じのとおり。売られた先である粉挽小屋で俺やジョージと出会い、今に至る。

さて、オークたちの情勢については、想像していた以上に人類にとって厳しいことが分かってきた。どうやら、俺たちが戦っているその相手は、オークの大国に所属する一地方領主にすぎないというのだ。オークたちの本国だけでも、現在俺たちが相対しているその地方領主軍の三倍近い兵力を持っており、似たような地方勢力すべてを含めれば優に十倍近い数になるという。また、オークの国家は「本国」以外にも数多く存在する。

なんということでしょう。これでは人類を救うためにオークを滅ぼすなんて到底無理な話だ。

今のところ、俺たち人類は『秋になると山から下りてくる厄介な獣』的な扱いを受けているらしい。ただ、山脈を越えての討伐が難しいから放置されているだけだ。

今までは、どうにかして一戦だけでも野戦で勝利をもぎ取り、その勝利を元手に和平を結ばせてもらおうと漠然と考えていた。だが、どうやらそれも難しいらしい。下手に目前の地方領主軍に勝利すると、オークたちに本気を出させることになりかねない。大事なのは、これ以上オークたちを刺激しないことだ。どうにかして人間たちを抑えなくては。

だが、来年の秋になって〝討伐〟に出かけようとする彼らをどうやって抑えればいいんだろうか？　だいたい、この世界の経済からして少なからず略奪の成果に依存していたに違いないのだ。空襲を用いて谷の封鎖を解除させたのは失敗だったかもしれない。谷が封鎖されたままなら、こちらからの出撃は不可能になる。こちらから略奪なんぞに出なければ、『山奥の無害な珍獣たち』としてそっとしておいてもらえたかもしれないのだ。

いや待て。奴らは巨大な大砲で〈竜の顎門〉を破壊しようとしてたっけ。奴らを退却させなければ、近いうちにまた壁の破壊を試みていたに違いない。

いったいどうすればいいんだ！　俺はこの世界を救う自信を完全になくしつつあった。

第七章　夜襲

――〈竜骨山脈〉にて

〈黒犬〉は、配下の狼鷲兵たちが苦労して絶壁を横切っていくのを見守っていた。徒歩であれば到底不可能なこの難行程も、山岳生まれの狼鷲たちなら踏破することができる。むろん、まったくの無傷で、というわけにはいかなかった。何しろ、冬山の危険度は、夏のそれとは格段に違う。今こうしている間にも、足を滑らせた一匹の狼鷲が目の前で部下もろとも落下していった。

〈黒犬〉の胸はざわめいた。彼は自分の部下の名はもちろん、その生い立ちや家族構成に至るまですべて把握している。戦死であれば、その損害も割り切ることもできた。だが、己の無理に付き合わせたうえでの事故死となれば話は違う。〈黒犬〉は懐から青い宝珠を取り出し、じっと見つめた。そして、手の中で弄びながら、あの凱旋式の日のことを思い出さずにはいられなかった。

あの日、辺境伯から呼び出しを受けた〈黒犬〉が寝室に入ると、その老オークは巨大な寝台に伏せって、大勢の重臣たちに囲まれながらうわ言を繰り返していた。

『娘を……娘を……』

その目に生気はない。どうやら、死期が近いという噂は事実であったらしい。側近の一人が、耳元で〈黒犬〉の到着を辺境伯に告げた。辺境伯の眼に光が戻った。だが、それには多分に狂気が含まれていた。死の間際の執念の光だ。

『……ぉ、ぉぉ……よく来た……もっとこちらへ寄れ……』

寝台を囲む重臣たちが、〈黒犬〉のために道を開ける。辺境伯は〈黒犬〉を認めると息も絶え絶えに言った。

『君に……頼みがある……娘……どうか娘を取り戻してくれ……』

やはり、この老オークは死を前にして正気を失っていた。彼の言う娘とは、三年以上前に行方不明になった第二令嬢のことだ。かつて、〈黒犬〉との婚約話が持ち上がったのもこの娘だ。領民思いの活発な女性だったが、それが仇《あだ》となった。人間の領域に近い開拓地を見舞っていた際に、季節外れの人間の略奪部隊と遭遇し、攫《さら》われてしまったのだ。山脈の向こうに行ったオークが戻ってきたことは一度としてない。人間に攫われたオークの行く末については様々な噂があったが、それを確かめる術はなかった。だから、この娘はすでに死んだものとして扱われていた。明るく活発な第二令嬢を溺愛していた辺境伯は大いに嘆き、以来体調を崩しがちになっていたのだった。

〈黒犬〉はそんな老オークのすぐそばに寄ると、重々しく鼻を鳴らした。

『お任せください。必ずや、この私がお嬢様を連れ戻してみせます』

それを聞いた辺境伯は、満足げに微笑むとゆっくりその眼を閉じた。周囲の重臣たちがざわついたが、すぐに穏やかな寝息が彼らを落ち着かせた。そばに控えていた医師が全員に退室を促した。


重臣たちに続いて部屋を出たところで、〈黒犬〉は意外な人物に呼び止められた。例のドラ息子だった。彼は、幾人かの重臣を従えて〈黒犬〉を辺境伯の執務室へ連れ込んだ。ドラ息子は辺境伯の執務机にどっかりと座り込むと、ニヤニヤと気持ち悪い笑みを浮かべながら言った。

『貴様、誓ったな？』

ドラ息子の逆さに反った牙が口の間でヌラリと光った。

『死の床にある父上に、姉上を連れ戻すと、皆の前でそう誓ったな？』

ドラ息子の言葉に、彼が従えていた重臣たちが重々しくうなずいた。

『我々は、確かにこの男が誓うのを聞きました』

〈黒犬〉の顔が歪む。あの場面で、ほかにどう言えというのだ。

『死の床での誓いは重いぞ。策はあるのか？』

〈黒犬〉が黙っていると、ドラ息子は嘲笑とともに何か丸い物を放って寄こした。

『まぁ、そうだろうとも。しかたがない、いいものをやる。拾え』

青い宝玉だった。オークの拳ほどの大きさだ。これがいったい何だというのだ。

『遺跡を調べていた博士どもが見つけたのだ。なんでも、あの忌々しい〈壁〉を打ち壊す力があるらしい』

〈黒犬〉は宝玉を手に取って見つめた。均一に透き通った青い球体の内部に見たこともない複雑で精緻な文様が立体的に刻まれている。美しくはあるが、それだけだ。こんなものに、あの〈壁〉を打ち壊す力があるとは思えない。

『信じられんといった顔だな。だが、これを見てみろ』

ドラ息子が重臣の一人に向かって手を振った。その重臣が、〈黒犬〉に向かってずいと何かの報告書を差し出した。〈黒犬〉は訝りながらそれを受け取り、適当なページを開く。その中身を見て彼は驚愕《きょうがく》した。

それは、あの〈壁〉の見取り図だった。少なくとも、下から見上げた〈壁〉の外見と一致しているように見える。外見どころか、その報告書には〈壁〉の内部の様子まで詳細に書き込まれていた。単なる想像図にしては、あまりに真に迫っていた。

ドラ息子は驚愕する〈黒犬〉を面白そうに眺めながら言った。

『博士どもが、その宝玉とともに〈壁〉について記された書物を見つけたのよ。どうだ、それだけでも十分役に立とう？』

悔しいが、ドラ息子の言うとおりだった。もちろん、この見取り図が本当であれば、だが。

『だが、博士どもが見つけたのはその見取り図だけではない。その書物には、その宝玉の使い方も記されていた。お前、〈壁〉に魔法がかかっているのはその眼で見ているな？』

人間どもが使う魔法については、本国にももちろん伝わっていた。だが、本国ではあまり真面目には信じられていない。野蛮な奴らが何か弾除《たまよ》けのまじないをしているらしい、程度の認識だ。

〈黒犬〉自身、この地に来てその目で見るまではあまり本気にはしていなかった。

『その宝玉をある場所に押し込めば、あの魔法は消え失せ、〈壁〉自体も崩壊させることができる、と。まぁ、博士どもはそう主張している』

……あり得ないこととは言いきれなかった。要塞が敵の手に渡っても再利用できないよう、破壊する手段を用意するというのはありうる。オークの間で〈幽霊都市〉として知られるあの巨大遺跡は、太古の人間どもの都だったという話だ。そうした品が残されていたとしてもおかしくはない。

だが、この宝玉がそうであると、本当に信じていいのだろうか？

『北方辺境伯代行として貴様に命じる。貴様は配下の蛮族どもとともに〈壁〉に向かい、この真偽を確かめてこい』

無茶苦茶な命令だった。あるいはこれが辺境伯本人の指示であれば、心躍る冒険と思えたかもしれない。だが、ドラ息子では話にならなかった。信用しようがない。

ドラ息子はいやらしい笑みを浮かべながら鼻を鳴らした。

『むろん、タダとは言わない。何しろ、〈壁〉の破壊にさえ成功すれば、〈毛なし猿〉どもの住処《すみか》に侵攻することが可能になるのだ。あるいは本当に姉上を取り戻すことすらできるかもしれない。この任務を果たした暁には、宝玉の真偽にかかわらず先ほどの誓いを果たした、もしくは果たすために最大限の努力をしたと見なし、誓いから解放してやろう。もし〈壁〉が本当に崩壊したら、遠征軍の正式な司令官にも任命してやる。まぁ俺の下で働くのが嫌というなら、契約を解除したうえで紹介状を書いてやってもいい。どこぞの都市の警備隊長ぐらいなら潜り込めるようにしてやろう。どうだ？　悪くはなかろう？』

それでもなお〈黒犬〉が黙り込んでいると、ドラ息子が畳みかけてきた。

『命令を拒否して逃げ出したりしたら、敵前逃亡のかどで帝国中に手配書をばらまいてやる。お前にも言い分はあろうが、よく考えてみろ。北方辺境伯の金印が押された手配書と、蛮族傭兵風情の言い分と。世間はいったいどちらを信用するだろうな？』

否応《いやおう》はなかった。ドラ息子は〈黒犬〉の脇腹を指さしながら続けた。

『こいつは極秘任務だ。誰にも言うなよ。まぁ、お前の傷が癒えるまでは待ってやる。その報告書もくれてやろう。死なずに済むように、精々策を練っておくんだな』

ドラ息子の高笑いが部屋中に響いた。

〈黒犬〉が物思いに沈んでいる間も、長年連れ添った彼の相棒は足場を踏み外すことなく、背に負った主人を運び続けていた。その時、前方から伝令が戻ってきた。斥候から重要な報告があるとのことだった。〈黒犬〉は雑念を振り払い、目の前の現実に思考を切り替えた。伝令とともに、斥候たちの下へ駆ける。

斥候たちは、岩の陰に潜んで谷底を見下ろしていた。〈黒犬〉の到着に気づいた斥候の一人が、彼のために場所をあけた。あいた隙間に体を潜り込ませ、慎重に崖下を覗き込む。そこには、大きな湖を背にした、巨大な〈壁〉が横たわっていた。あの〈壁〉を見下ろしたのは、彼も初めてだった。それどころか、オーク史上初めてかもしれない。

〈黒犬〉は例の報告書を取り出し、そこに記された構造図を確認した。上から見ても、気味が悪いぐらいに細部まで一致する。

……これは案外、与太話ではなかったのかもしれないぞ。〈黒犬〉はゾクリとしたものを感じた。無意識に脇腹を撫でる。傷はもうすっかり癒えており、胸甲に空けられた穴もすでにない。傷が癒えるのを待つ間に胸甲も新調したのだ。甲冑師《かっちゅうし》は『身を守るためのちょっとした仕掛け』をつけたと自慢げに言っていたが、果たして本当にこんなものが役に立つのだろうか？

ともかく、ここまで来てしまったのだ。もうやるしかない。彼は数名の古参兵を呼び寄せると、行動を開始した。後は、〈壁〉の内部構造が報告書のとおりであることを願うばかりだ。

＊

悪夢を見た。

いつもとは違う悪夢だ。あの、一番最初の世界に残ることができた夢。争いのなくなった平和なあの世界で、僕はあの娘と一緒に暮らしていた。どこから見ても非の打ち所がないぐらい幸せなはずなのに、僕は生きているという実感が得られない。もう何もかも手遅れだった。僕はもう、あのころとはすっかり違ってしまっている。あの娘が幸せそうに微笑みかけてくるその傍らで、僕はいつも満たされない何かに苛《さいな》まれている。行き場のない衝動が、胸の奥で黒い渦を巻く。僕の精神は少しずつ飢えていき、

ついに――

――そこで目が覚めた。いやにリアルな夢だった。目が覚めた後も動悸《どうき》が収まらない。俺は夢の中で、いったい何をしようとしていたのだろうか？　思い出せない。忘れてしまいたい。

俺はベッドの横に立て掛けておいた剣を引き寄せた。そのずっしりとした鋼の重みで、少しだけ落ち着きを取り戻す。鞘の金具のひんやりとした感触が心地いい。だが、どうしてもチリチリとした、浮ついた感覚が収まらない。

なんだこれは。心当たりがあった。

戦闘が近い。敵が近くにいる。危機が迫ったときの、あのなじみの感覚だ。これは夢ではない。

俺は布団から飛び起きると、大急ぎで着替え、剣帯を身に着けた。鎧《よろい》は持ってきていない。竜に乗るには身軽なほうがいい。防具といえば、革製の小手と脛《すね》当《あ》て程度だ。大急ぎで主塔から飛び出したものの、外はまだ静まり返っていた。ダムの水面にも波一つ立っておらず、闇の中で黒々と星明かりを反射させている。ところどころで松明《たいまつ》が焚《た》かれ、兵士たちが警戒にあたっていた。

冷たい風が吹き、すぐそばにあった松明の炎が揺らいだ。今のところ、何一つ異常が起きている様子はない。だが、間違いなく何かが起ころうとしている。ひとまず、守備隊長のエベルトのところに行こう。この時間ならまだ主塔の自室にいるはずだ。就寝中のところ申し訳ないが、たたき起こして警戒を強化してもらわなくては。

そう思って主塔に戻ろうとした瞬間、警告の声が上がるのが聞こえた。声のした方に振り向くと見張りの兵士が城壁の外を指さしながら叫んでいる。急いで鋸壁《きょへき》に駆け寄り、谷底を覗き込む。そこには無数の松明が点々とともされていた。あちら側に人間がいるわけがない。オーク軍だ。

まったくいつの間にこんなに近づいていたのやら。竜による哨戒《しょうかい》はずっと続いていたが、オーク軍接近の報告が上がったことは一度もない。おそらく日中は森に潜み、竜の飛ばない夜にだけコソコソと移動してきたのだろう。

見張り塔の半鐘がけたたましい音を上げ始めた。先ほどまで静まり返っていた要塞が俄《にわ》かに目を覚ましていく。主塔から次々と兵士が飛び出し、あちこちで点呼を受けながら配置に向かって駆けていった。

程なくしてエベルトが護衛とともに姿を現した。

「まずいですな。魔法障壁のほうはどうなっていますか?」

エベルトは開口一番、俺に尋ねてきた。

「今日の報告では、あと一週間ほどかかるとのことでした」

俺は答えた。すでに魔法陣は薄っすらと光り始めていたが、まだ再起動には至っていない。これでも予定よりはだいぶ早く進んでいるのだ。

「むぅ……」

エベルトは難しい顔で唸った。

「あの大砲さえなければ、どうにかなるとは思いますが……」

そう言いながら彼は鋸壁の隙間から身を乗り出して、闇の中に目を凝らした。

「閣下！　危険です！」

護衛の兵士たちが慌てて引き戻そうとしたが、エベルトはびくともしない。

「邪魔をするでない！　この距離ならまだ当たりゃせんわい！」

エベルトの言うとおり、松明の群れは城壁から十分な距離をあけて並んでいる。距離が遠いせいで、敵の様子もさっぱり見えない。

「……何かがおかしいですな」

エベルトは鋸壁の隙間から体を戻しながら言った。それから、守備兵に指示を出し始めた。

「おい、村にはもう伝令を送ったか？」

「はい！　休暇中の兵も、まもなく戻ってくるはずです」

「竜舎への連絡は？」

「同じく済ませてあります。日の出るころには王都へ第一報が着くかと」

今日は新月だ。夜間飛行をやらされる竜騎士は気の毒だな。

「よろしい。ではすぐに地下の神官たちに応援を求めるのだ。戦儀神官を引っ張り出してこい」

「はっ！」

指示を受けた守備兵は、周囲にそれを伝えるために駆けていった。

「エベルト殿。私はどうすればいいでしょう？」

俺が尋ねるとエベルトは難しい顔をした。

「勇者殿は……ご判断はお任せします。最も必要と思われる場所に、ご自身でお向かいください」

適当に遊んでいろと言われてしまった。まぁ、一応『元帥』なんていう肩書もあるし、指揮下に置いてしまっては彼もやりづらいところがあるんだろう。俺も自由に動けたほうがやりやすい。ありがたく好きにさせてもらうことにする。

まずは敵の動きを見極めなければ。俺はもう一度谷底を覗き込んだ。しかし妙だ。こんな奥まで灯りなしで忍び込んでおいて、なんだって今さら火を使った？

推測ならいくつか挙げられる。

一つ、夜間行軍でバラバラになった隊列を整えるため。部隊の状況が把握できないまま攻撃を開始すれば、かえってひどい目にあうという判断だ。戦術レベルの奇襲はできなくなるが、それでも事前に接近を把握されていた場合よりは有利に戦える。

二つ、あの灯りの下で、何か作業をしている。例えば、例の巨砲の設置。あるいは、放水にも耐えうる野戦築城。日中に資材を持ち込めば作業が始まる前に流されてしまうが、闇を利用すれば接近することができる。それでも作業そのものにはやはり灯りが必要だったという可能性。だが、前回の放水以降、一層足場の悪くなった谷底を、それらの資材を持って夜間行軍などできるものだろうか？

そしてどちらも危険な賭けだ。こちら側が闇に向かって水門を開いてしまえばすべておじゃんになる。あるいは水門を開けさせること自体が目的かもしれない。慌てた人類が水門を開け、ダムが空になったところで翌朝以降に本隊が登場する。十分にありうるな。これが三つ目の可能性か。

そして、四つ目。あの灯りは囮《おとり》で、こちらの注意を惹《ひ》きつけるためのもの。あんなに目立つ行為、どう見ても囮にしか見えない。だがその場合、本命はどこから来る？〈竜の顎門〉の両脇は急峻《きゅうしゅん》な山岳に守られている。ましてや、今は冬だ。このあたりは雪が少ないとはいえ、とてもじゃないが夜間に十分な兵を送り込めるとは——

「クチバシ犬か！」

突然隣でエベルトが叫んだ。

「あの忌々しい獣なら谷の斜面を駆け降りることができる！　あの灯りは我々の注意を惹きつけるための囮だ！　奴らの真の狙いは〈門塔〉だ！　背後から門を開けて、あの軍勢を招き入れるつもりだ！　だが、門さえ守りきればどうとでもなる！　東側に兵を集めろ！　それから、念のため主塔の水門制御区画も警戒を厳重にしておけ！」

エベルトは護衛についていた兵士たちを伝令として送り出すと、自身も〈門塔〉めがけて走りだした。さて、俺はどうしたものか。

エベルトの判断は順当だろう。だが、俺は疑念をぬぐいきれずにいた。本当にそれだけなんだろうか？　胸の内で、何かがゾワゾワと騒いでいる。もう一度谷底を凝視してみるが、敵の様子はどれだけ目を見張っても分からない。

少しして、西側の小さな見張り塔から、戦儀神官の一団が護衛の兵士たちとともに駆けだしてきた。かわいそうに、〈大魔法陣の間〉から、あの階段を全力で駆けあがらされてきたに違いない。すでに息も絶え絶えの様子だ。ちゃんと儀式はできるのだろうか？

それと同時に、東側で次々と銃声が響いた。被弾した兵士たちの悲鳴。怒号。得体の知れない獣の咆哮。

戦闘が始まったらしい。あれはクチバシ犬の襲撃で間違いあるまい。エベルトの予想どおりか？　それらの音を聞いて、死にかかっていた戦儀神官たちの顔が引き締まった。彼らはその場にひざまずいて、大急ぎで魔法陣の準備を始めた。神官の一人が護衛の兵士に護符を渡し、受け取った兵士が〈門塔〉に向けて駆ける。護衛の兵士たちが、神官の一団を取り囲むようにして警戒態勢をとる。彼らの盾にはすでに護符が貼られていた。

俺はもう一度鋸壁の間から身を乗り出して、谷底を確認する。揺らめく松明たちは、戦闘が始まったというのにまるで動く様子がない。もう疑う余地はなかった。大物の予感がする。これまでの小競り合いや、焼き討ちとは訳が違う。久々の本物の戦に血が騒いだ。不謹慎にも笑みがこぼれるのを止められない。

なに、遠慮する必要はない。これは正真正銘、人類のための戦いだ。好きなだけ楽しんでしまえ。

俺は、この戦場のどこかにいるに違いない獲物を求めて駆けだした。

＊

――〈門塔〉前面にて

要塞の東端では、エベルトの直々の指揮のもとで守備兵たちが奮戦していた。

闇の中からクチバシ犬どもが飛び出し、その背のオークが手にした短銃から弾丸を浴びせかけてくる。その都度、守備兵がバタバタと倒れ伏すが、その戦列は揺るぎもしない。びっしりと並んだ槍衾《やりぶすま》がクチバシ犬の突進を防ぎ、装塡のために引き下がるオークの背に後列から放たれたクロスボウの矢が降り注ぐ。〈竜の顎門〉の守備兵は、諸侯軍が連れて歩くようなゴロツキまがいの傭兵や農民兵どもとは訳が違う。彼らは常日頃から訓練を積み重ねてきた職業軍人だ。そのうえ、そのほとんどが討伐軍での従軍経験を持つ実戦経験者でもある。

〈竜の顎門〉の城壁は広い。日常彼らが行き来する城壁の最上部ですら、広いところでは三十歩以上の厚さがある。特に、谷の東岸にある街道との接続部にもなっている〈門塔〉付近は一辺二百歩はあろうかという広場になっていた。エベルトはそこに守備隊を扇状に展開させ、〈門塔〉の入り口を守っていた。襲撃が始まった時点では、押っ取り刀で駆けつけた一握りの守備兵が、かろうじて薄い横隊を形成していただけだった。しかし、すぐに各部署からの増援が続々と到着し始め、今では幅、厚み共に申し分ない戦列が出来上がっていた。

危ないところだった。エベルトはほくそ笑んだ。もし判断が遅れていたら、〈門塔〉内部への侵入を許していたかもしれない。長いこと実戦から離れてはいたが、まだまだ自分の勘が鈍っていないことが分かって嬉しかった。

やや遅れて、戦儀神官たちから護符が届けられた。攻撃の合間を縫って最前列の兵士に配布され、瞬く間に〈加護の魔法〉による魔法障壁が展開されていく。

オークどもが一斉射撃を行った。青白い閃光《せんこう》とともに、魔法障壁がすべての攻撃を弾《はじ》いた。エベルトは勝利を確信した。

「戦列前へ！」

号令一下、後列の弩《いしゆみ》兵が一斉に矢を放ち、同時に前衛が戦列を乱すことなく前進を開始した。広場に展開していたクチバシ犬どもは慌てふためいて斜面にすがり付き、山の中へ逃げていく。

（ちっ！　逃げ足ばかり速い奴らだ！）

逃げ遅れたオークどもに止めを刺しながら山際まで前進し、そこで隊列を停止させる。エベルトは致命的な打撃を与えられなかったことに苛立《いらだ》ちつつも、ひとまず敵を追い払ったことに満足した。だがその時、敵は意外な行動をとり始めた。こちらの前進が止まると同時に山の中から再度発砲してきたのだ。

オークたちの射撃は、その発砲地点がまったくのバラバラだったにもかかわらず数ヵ所に集中して着弾した。射撃が集中した地点では魔法障壁が粉砕され、幾人かの兵士が苦痛のうめきを上げた。エベルトはその統制の見事さに舌を巻いた。なんということだ！　この闇の中で、あんな射撃を行わせることができるとは！

さて、どうしたものか。山の中に追撃を仕掛けるのは自殺行為だ。さりとて、ここでこうしていても損害が増えるばかり。

その時、エベルトの視界の隅で何かが星明かりを反射してチラリと光った。余人には見えずとも、数多の戦場を駆け抜けた歴戦の武人たるエベルトはそれを見逃さなかった。村の方から何かが来る。増援だ。休暇で村に出ていた兵士たちが戻ってきたのだ。

誰かは知らないが、兵士たちの中に気の利いた者がいたらしい。彼らは松明を持たずにこちらへ向かっている。あり得ない位置から響く銃声を聞き分け、とっさに対応したに違いなかった。

ならば。

「いったん下がれ！　〈門塔〉入り口まで戻るのだ！」

まずはあのクチバシ犬どもを、広場に再び引きずり出す。そこで射撃戦を行わせておいて、村から接近中の増援を使って側面をつく。あるいは、タイミング次第では挟み撃ちにすらできるかもしれない。数からすれば大した戦力ではないが、奇襲となればその額面以上の衝撃力を発揮しうる。

エベルトは湖岸の道をこちらに向かってくる増援部隊に向けて伝令を走らせ、同時に隊列をゆっくりと戻し始めた。後は敵が誘いに乗るのを待つばかりだ。

果たして、奴らはこちらに射撃を浴びせるべく、再び広場に姿を現した。こちらのクロスボウが一斉に矢を放ったが、闇の中で散開して動き回るクチバシ犬たちには大した被害を与えられない。オークどもが一斉射撃を行うたびに、一人、また一人と守備兵が倒れていく。

(今に見ておれよ……！　増援が到着しさえすれば――)

突如、かなたの闇の中に閃光と銃声が響いた。同時に、兵士たちの悲鳴、獣の咆哮。

「やられた……！」

クチバシ犬どもにも別動隊がいたのだ！　頼みの増援がその別動隊に奇襲を受けた。エベルトは決定打を失ったことに歯噛みしたが、それでも冷静さを失いはしなかった。

(大丈夫だ。決定打を持たぬのは奴らも同じ。〈門塔〉の奪取という目的を果たせない以上、奴らに勝利の目はない。朝になり、竜が飛び始めればこちらの勝ちだ。奴らの短銃では竜は墜とせぬ)

その時、微かな銃声が背後で響くのをエベルトの耳が捉えた。

（背後だと⁉）

エベルトは兵力のほとんどを〈門塔〉に集めていた。西側には最低限の見張りしか残っていない。

「門を背に半円陣を組め！　戦儀神官を〈門塔〉内に収容しろ！」

城壁の上で先ほどから〈加護の魔法〉の儀を行っていた神官たちに伝令が送られ、一斉射撃の合間を縫って粛々と陣の組み換えが行われていく。

（これでよし。たとえ敵の数が倍に増えたとしても、十分持ちこたえられるはずだ。主塔の水門制御区画にも守備兵を配置している。建物の内部ではクチバシ犬といえど大した脅威にはならん。だが――）

エベルトはここでふと一つの懸念を抱いた。西塔が無防備なままだった。もし〈大魔法陣の間〉に侵入されでもしたら、魔法陣はもちろん神官たちが危険にさらされる。

（――いや、そのようなことオークどもが知りうるはずもない。全力でこちらを狙ってくるはず）

そう考えて、不吉な予感を振り払う。これでいいはずだ。これ以上兵を分散させるわけにはいかない。だが、西側に現れたはずの敵勢は一向にこちらに姿を見せなかった。

（ま、まさか本当に……！）

エベルトの顔面が、蒼白になった。

――〈竜の顎門〉、西端にて

〈黒犬〉は相棒とともに闇を駆けた。付き従うはわずか五騎。いずれも手練《てだ》れの中の手練れ。今はもう残り少ない、旗揚げ以来の戦友たちだ。急斜面を真っ逆さまに駆け下り、城壁へ跳ぶ。

間抜け面でこちらを見上げる見張りを、声を上げる間も与えずに斬り伏せながら着地する。事態に気づいた人間どもが、〈黒犬〉らの突進を阻止しようと三人ばかりで小さな槍衾を作る。すかさず背後の戦友らが発砲し、全員を撃ち倒した。

事態を味方に伝えるためだろう。こちらに背を向けて走る人間が一匹。少し距離があったが、〈黒犬〉は苦もなくその背に銃弾をぶち込んだ。

再装塡する間も惜しい。〈黒犬〉は短銃を投げ捨て、ベルトに差した次の銃を抜く。投げられた銃は、鞍《くら》の後ろに吊られた袋の中にきれいに収まった。

〈黒犬〉は仲間とともに駆けた。急がねばならない。

今のところ、作戦は予定どおり進行している。敵は戦力を門のある東側に集中させており、こちら側には見張りしか残していない。だが、それもわずかな間だけのことだ。今の銃声で、奴らもこちらの存在に気づいたはずだ。

西塔の入り口に立っていた見張りを手早く片付けると、騎乗したまま内部に突入する。狼鷲が狭い螺旋《らせん》階段を猛然と駆けあがっていく。

あっという間に塔の最上階に到達した。見張りにあたっていた兵士が槍を突き出してきたが、〈黒犬〉の狼鷲はそれをするりとかわしながら兵士の喉元に食らいつき、一撃で絶命させた。

〈黒犬〉は鞍からひらりと飛び降りると、物入れから例の報告書を取り出し、そこに記されているのと同じ彫像を探す。それは探すまでもなくすぐに見つかった。その像を持ち上げると、背後の床が音もなく持ち上がり、新たな下り階段が姿を現した。何もかもが、報告書の記述どおりだ。〈黒犬〉は柄にもなく興奮を覚えた。

だが、さすがにこの先には狼鷲は入れない。その背を降りた〈黒犬〉らは、狭くて急な螺旋階段を大急ぎで下っていく。人間の歩幅に合わせて作られたそれは、オークにはひどく使いにくい。

ようやく下りきった先、その光景に〈黒犬〉は絶句した。

広大な地下空間。その床一面に広がる、青白い光を放つ魔法陣。魔法陣のあちこちから吹き上がる、魔力の微かな燐光《りんこう》。

そして、その中央に立つ、一人の人間。

人間は〈黒犬〉らを認めると、その口を大きく横に広げた。眼は足元の光を受けて爛々と輝き、ひたと〈黒犬〉を見据えていた。その不気味ながらも神秘的な光景に、〈黒犬〉たちの動きは止まってしまった。人間の右手がピカリと光った瞬間にも、まだ〈黒犬〉は動けずにいた。

とたんに、〈黒犬〉の視界がぶれる。誰かに突き飛ばされたのだ。先ほどまで彼が立っていた位置を、光の軌跡が通り抜けていく。彼を突き飛ばした狼鷲兵が、彼に代わってその軌跡に貫かれた。

瞬間、〈黒犬〉は我を取り戻す。短銃を敵に向け、引き金を引く。残る四人の仲間も同時に発砲していた。人間は素早く光る盾を出現させ、そのすべてを弾いた。同時に、こちらに向けて突進してくる。

横一線に振り抜かれた〈光の槍〉を〈黒犬〉は伏せるようにかがんでかわし、サーベルを抜き放ち切りつける。だが、その刃が届く前に、人間の長い脚が彼の腹を捉えていた。〈黒犬〉は強《したた》かな蹴りに吹き飛ばされ、壁に打ちつけられた。

肺から空気が抜け、苦痛に咽せる。体が動かない。分厚い鋼鉄製の胸甲がわずかにへこんでいた。そんな馬鹿なと笑いたくなったが、ぜぇぜぇという荒い息が出ただけだった。

そんな化け物に、二人の戦友たちが左右から息の合った連携攻撃を仕掛けていた。だが、人間は鮮やかにそれをかわすと、両手に出現させた〈光の槍〉で彼らの剣を斬り飛ばした。二人の戦友は、柄だけになった剣を投げ捨てると、怯《ひる》むことなく人間に摑みかかる。同時に、残る二人が前後から人間に襲い掛かった。人間は苦もなく彼らの連携攻撃をかわしきると、舞うような仕草で、一人ずつ光る槍で突き伏せていった。その間、わずか数秒。〈黒犬〉は、その様子をただ見ていることしかできなかった。

悪魔のような強さだ。いや、悪魔どころじゃない。魔王だ。

そうか、あいつがあの〈魔王〉か！

〈黒犬〉はなぜ奴がここにいるのか、とは考えなかった。〈魔王〉であれば、当然そこにいるであろう。当然のことを考慮していなかった、己の不明を恥じるばかりだ。

ようやくが立ち上がったころには、すでに戦友は全滅していた。このまま尻尾を巻いて逃げ出すわけにはいかない。そもそも逃げられるとも思えない。なんとしてでも、一矢報いてやらねば。

〈黒犬〉は手にしたサーベルをこれ見よがしに構えた。それを見た〈魔王〉は、その口をますます大きく広げた。人間の小さな犬歯がむき出しになる。それから槍を消し、腰の剣を抜いた。

それでいい。

足はまだガクガクだ。初手のように槍を投擲《とうてき》されればかわしきれない。だが、相手の懐に潜り込めれば、万に一つではあるが、勝利の可能性がある。

慎重にジリジリと距離を詰めていく。ぞっとする感覚とともに、〈黒犬〉の足が止まった。この先は相手の間合いだ。理屈抜きでそう感じた。これ以上は、わずかたりとも踏み込んではいけない。

だが、自身の間合いはまだ遥か先だ。体格の違いからくるリーチ差はいかんともしがたい。

緊張で呼吸が荒くなっていく。

〈魔王〉が、ほんの少しだけ踏み込んできた。死が、全身にまとわりついてくる感覚。

次の瞬間、〈魔王〉が動いた。軽々と振り抜かれたその剣に、〈黒犬〉のサーベルはあっさりと弾き飛ばされた。右手がしびれた。衝撃で大きくのけぞらされた彼の上半身に、〈魔王〉の蹴りが見舞われた。たまらず仰向けに転がったところを、すかさず〈魔王〉が胸を踏みつけて抑え込んだ。

〈魔王〉はそのまま彼の首元に剣を突きつけている。人間の表情は読めないが、〈魔王〉は今、勝ち誇っているに違いなかった。〈魔王〉が、剣を突きつけたままこちらの顔を覗き込んできた。

（馬鹿め！　この瞬間を待っていたのだ！）

〈黒犬〉はいまだしびれの残る右手で、思いっきり紐《ひも》を引いた。パン！　という乾いた炸裂音《さくれつ》とともに、〈黒犬〉の胸甲に仕込まれた短筒から必殺の散弾が放たれた。

＊

奇襲部隊による戦闘が始まったにもかかわらず谷底の松明の群れに何の動きも起こらないのを見て、俺は確信した。あの奇襲部隊は囮だ。

もし本当にあの奇襲部隊の目的が門の奪取であるなら、谷底にいるはずの軍勢が動かないわけがない。何しろ計画どおり門を開けることができたとしても、あの奇襲部隊がどれだけの間、そこを確保していられるかは分からないのだ。ならば門が開くと同時に突入できるよう、できるだけ門に外の部隊を近づけておこうとするはずだ。なのに、奴らは動かない。つまり、本命は別にある。外の奴らは囮ですらない。囮を本命と誤認させるための飾りなのだ。

今、奇襲部隊は守備隊を東側に引きつけている。ならば奴らの本命は西側にあるに違いなかった。俺は足りない頭を必死で回転させる。奴らは西側から何をするつもりだ？　西側にある重要施設といえば、〈大魔法陣の間〉だ。あれの入り口は、〈顎門〉の西端に近い位置にある。そして今、〈大魔法陣の間〉には神殿に所属する魔力持ちの神官のほとんどすべてが集結しているのだ。もし突入できれば、奴らはその無力な神官たちを一方的に殺戮《さつりく》することができるだろう。〈加護の魔法〉は、人間の軍勢がオーク軍に勝る最大の力だ。彼らを失えば、もはや人類側の抵抗は絶望的になる。

もちろん、ほかの可能性だってある。西側の敵は、単に東側の敵と戦闘中の守備隊を背後から襲うつもりなのかもしれない。あるいは、主塔に突入して水門を破壊するのが目的かもしれない。そもそも、今あの塔に神官が集まっているなんて、オークどもには知りようのないことなのだ。ましてや、塔の隠された入り口の存在なんて絶対に分かるはずがない。

だが、俺の勘が告げていた。それでも本命は〈大魔法陣の間〉だ。

俺の勘はそれほどあてにならないが、万が一本当に敵があそこを襲えば、それはまさに世界の危機だ。絶対に阻止しなければならない。間違っていたとしても、まぁその時はその時だ。改めてそちらへ救援に向かえばいい。

俺は西塔へ向かって駆けだした。大急ぎで西塔の階段を駆け上り、見張りの兵士に敵がここを素通りしたら俺に知らせるよう命令する。それから俺は隠し通路を開け、〈大魔法陣の間〉への階段を駆け下りた。

西側の城壁上で敵を待たなかった理由は二つ。

一つ、敵の数が多い場合、城壁の上では迎撃しきれずに頭上を飛び越される危険がある。

二つ、〈大魔法陣の間〉で迎撃すれば、入り口の狭い階段で敵を渋滞させることができる。そうなればしめたもので、こちらは通路の出口で敵を各個撃破できる。この場合、敵のクチバシ犬による機動を封じられるのも大きい。もしエベルトがこちらに増援を寄こしてくれた場合、敵を塔の内部で挟み撃ちにすることさえ可能になる。

〈大魔法陣の間〉へ駆け込んだ俺はすぐにウォリオンを呼び出し、神官たちを周囲の部屋に避難させた。俺が負ければ結局逃げ場はないが、今さら塔の外に逃がすこともできない。

もっとも、その心配はほとんどないはずだ。あの狭い階段にクチバシ犬が侵入できるとは思えない。それなら負ける気がしなかった。

程なくして、オーク兵が〈魔法陣の間〉に姿を現した。

すぐには攻撃しない。敵がどれだけいるかは分からないが、十四までは入ってくるのを待つつもりだった。
一、二、三……六。
たった、これだけか。俺は少しだけ落胆したが、その中に見覚えのある顔を見つけて、一気に気分が盛り上がる。

片目のオーク。最初の退却行の最中に、俺の背後からの投槍《なげやり》をかわしてみせた奴だ。〈黒犬〉と呼ばれていたっけ？　聞けば、人類の間でもその名が知られたオーク軍の名将だったそうじゃないか。ここでまた出会えるとは思わなかった。

なるほど、ならば連れているのも並のオークじゃあるまい。おそらく、選び抜かれた精鋭中の精鋭たちだ。相手にとって不足はない。

しかし、オークたちはどういうわけか動かない。まさか、この部屋の光景に見とれてしまっているのか？　まぁ、無理もない。無人の〈大魔法陣の間〉は、見慣れた俺ですらその神秘に打たれたほどの美しさだ。まずは目を覚まさせてやらねばなるまい。

俺は槍を出現させると、〈黒犬〉めがけて投げつけた。一番最初に反応したのは、〈黒犬〉の隣にいた比較的大柄なオークだった。そいつはとっさにまだ動けずにいた〈黒犬〉をかばいながら突き飛ばした。俺の投げた〈光の槍〉が、そのオークの肺をまっすぐに貫く。

これでようやくオークどもは目を覚ましたらしい。全員が腰に差していた短銃を引き抜き、素早く発砲してきた。俺は〈光の盾〉を出現させ、難なく銃弾を弾く。と間髪いれずに〈黒犬〉に向けて突進する。

〈光の槍〉でオークどもを一薙ぎ。全員がギリギリのところで回避する。そう来なくっちゃ。

〈黒犬〉がこちらに突進してくる。おっと、こいつはまだ殺すわけにはいかない。どうやってここを知ったのか聞きだす必要がある。

俺は〈黒犬〉の攻撃をかわしながら。その脇腹を思いっきり蹴り飛ばした。〈黒犬〉は入り口脇の壁までぶっ飛び、そのままずるずると崩れ落ちた。これでよし。すぐには立ち直れまい。だが、一息つく間もなく二匹のオークが俺の両脇から斬りかかってきた。できれば全員を生け捕りたい。

俺は両手に槍を出し、左右のオークが持っていたサーベルの刃を同時に斬り落とした。だが、武器を壊されたはずのそいつらは、怯むどころか姿勢をグッと沈み込ませるとそのまま俺に摑みかかってきた。おっと危ない。小柄なオークとはいえ、足にしがみつかれれば厄介だ。俺はひょいと上に跳んで彼らをかわす。

すると、残る二匹のオークが空中にいて身動きが取れない俺に前後から同時に突きかかってきた。くそ！　いつの間に後ろに回ってやがった！　ご丁寧にもこちらがかわしにくくなるように、微妙な時間差までつけている。

すかさず俺は前にいるオークに手を伸ばし、その手をサーベルの柄ごと握ってグイと引っ張った。手を掴まれたオークの顔に驚愕の色が浮かぶ。勢いよく手を引いた反動を利用し体をぐるりと回転させる。その回転で後ろからの刃をギリギリ回避し、着地。

視界の端に〈黒犬〉が上半身を起こそうともがいているのが映る。あいつ、もう立ち上がろうとしてやがる。急がなきゃならんな。俺はほかの連中の生け捕りを諦めた。

まずは、再び俺に掴みかかろうと突進してきた素手のオークに〈光の槍〉を叩き込む。もう一匹を後ろに跳んでかわすと、すぐそばにいたサーベル持ちのオークを一突き。振り向きざまに、斬りかかってきたもう一匹のサーベル持ちの足を払う。その時、残ったほうの素手オークがついに俺の脚を掴んだ。サーベルオークが起き上がって俺に突きかかるが、間に合わなかった。そいつの刃が届く前に、俺は脚を掴んでいたオークの背に一突き食わせ、死体を振り払って横に跳んだ。着地と同時に、俺を見失って周囲を見まわすサーベルオークの脇腹に〈光の槍〉の一撃を見舞う。

手ごわい連中だった。人間でも、俺を相手にこれだけ戦える奴はそうそういないだろう。どさりと崩れ落ちるそいつを尻目に、俺は〈黒犬〉に視線を向ける。

驚いたことに、〈黒犬〉はもう立ち上がっていた。まだ足をガクガクさせてはいるが、確かに立っていたのだ。大した奴だ。

さらに驚いたことに、ソイツはまだ戦意を失っていなかった。こちらをピタリと見据え、まっすぐにサーベルを構えて見せたのだ。破れかぶれでもなければ、死を恐れぬ狂信者でもない。諦めることなく、ただ冷静に、微かな勝機も逃すまいと構える武人の姿がそこにあった。

コイツ、まだ何か隠してやがるな。この期に及んで、まだ俺を楽しませてくれるつもりらしい。いいだろう、乗ってやろうじゃないか。俺は槍を消し、腰に下げていた剣を抜いた。それを正眼に構え、慎重に間合いを詰めていく。まさか、剣技で俺に勝てるなんて思っちゃいないだろう。何か隠し球を用意しているはずだ。

ほんのわずかな動きも見逃さないよう、全力で〈黒犬〉を注視する。俺の間合いに入る直前、不意に奴の足が止まった。それきりピタリとも動かない。

……こちらから仕掛けてこいということか。

俺は意を決して〈黒犬〉めがけて斬り込んだ。全力で振り抜いた俺の剣は、あっさりと〈黒犬〉のサーベルをその手から弾き飛ばした。さらに衝撃でのけぞったその上半身に蹴りを入れて仰向きに転倒させる。俺は倒れこんだ〈黒犬〉を踏みつけて、動きを封じた。

今度こそ勝負ありだ。何を狙っていたかは知らないが、その企《たくら》みは粉砕したはずだ。だが、俺の中ではいまだに警鐘が鳴り続けている。

まだ何かあるのか？　目を見れば分かるだろう。コイツの目がまだ諦めていなければ――
〈黒犬〉の目を覗こうとかがみこんだその瞬間、奴の右手がピクリと動いた。俺はとっさに横っ飛びに跳んだ。パンッという閃光とともに、何かが俺の頬をかすめ、耳朶《じだ》を打ち抜いた。くそ！　油断した！

俺は転がりながら着地し、二発目に備えて〈光の盾〉を展開する。〈黒犬〉もすでに起き上がり、最初の投槍で倒れたオークの腰から短銃を抜き取っているところだった。

こちらの盾がすでに展開されていると見るや、〈黒犬〉は全力で突進してきた。奴が逆手に持ったナイフを振り上げたところに白刃一閃《いっせん》。普通であれば回避不能の一撃。だが、こちらの意図を見抜いていればかわすことは容易《たやす》い。ナイフを弾き飛ばそうという俺の意図は見抜かれていた。

姿勢を低くしてそれをかわした〈黒犬〉は、俺の懐に潜り込み左手の短銃を俺の顔面に向けた。真っ黒な銃口が、俺の瞳孔を覗き込んできた。俺は全力で体を捻りながら、盾を顔面に引き寄せる。間に合えっ――！

〈黒犬〉が引き金を引いたが、一瞬だけ俺のほうが速かった。弾丸が盾の縁に弾かれて甲高い音を立てる。が、銃弾は弾いたものの、銃口から吐き出されたのは弾だけではなかった。弾丸とともに飛び出た燃焼ガスが盾をすり抜けて俺の顔面に吹き付けられた。一瞬で視界が奪われる。

俺は後ろに飛びのいて〈黒犬〉から距離をとった。キーンという耳鳴りで聴覚もあてにならない。ぞっとするような殺気を感じ、とっさに左腕を振り回した。

ザクッ！

左腕に焼けた火箸を押し当てられたような痛みが走る。そこか！　俺は〈黒犬〉がいるであろう所めがけて蹴りを放つ。少し浅いが、獲物を捉えた確かな感触が足に伝わる。これでいったん距離をとることができたはずだ。

油断なく気配を探りながら、ゆっくりと目を開く。よかった。まだ見える。

涙でぼんやりと滲んでいた視界が回復していく。奴はどこだ？　顔面がヒリヒリする。

〈黒犬〉は少し離れた場所でナイフを構えながら、よろよろと立ち上がろうとしていた。だが、奴は俺が立ち上がるのを見て、その場で膝をつき両手を上げた。短銃とナイフが、カシャンと音を立ててその足元に転がった。

……今度こそ万策尽きたというわけか。いや、あの目はまだ諦めていないな。投降したと見せかけて、脱出の機会を待つつもりだろう。捕虜になれるかすら分からないのに、諦めることなく万に一つの可能性に賭けているのだ。タフな野郎だ。

階段の方から、ガチャガチャという足音が聞こえてきた。姿を現したのは守備兵たちだった。守備兵たちは〈黒犬〉を見つけるや否や取り囲んだ。俺は彼らをかき分けて〈黒犬〉のもとに向かった。

守備兵の一人が、槍の石突で〈黒犬〉を思い切り突いた。

「やめろ!」

俺はその兵士を下がらせる。こいつを生け捕りにするために俺がどれだけ苦労したと思ってるんだ。〈黒犬〉が倒れた拍子に、その物入れから何か丸い物が転がり出てきた。それは、青白く光る魔法陣の複雑な溝に沿って転がり、俺の足元で止まった。

それを拾い上げたとたん、誰かが俺を祝福した。もちろん、声が聞こえてきたわけじゃない。ただ、そんな雰囲気が漂ってきただけだ。雰囲気の主は分かっている。毎回俺を異世界に放り込んでくれる正体不明の何者かだ。

だがどうしてだ? 奴らが俺を祝福してくれる瞬間はただ一つ。『世界の危機』を打破したその時だけだ。

まさか、この青い珠《たま》が『世界の危機』だっていうのか?

俺は手の中のそれを見つめながら小さくため息をついた。これを壊せば世界は救われるらしい。〈黒犬〉が何をするつもりだったかは知らないが、わずかな手勢とともに、こんな所まで侵入してくる輩はそうそう現れやしないだろう。だからおそらく、この珠は〈黒犬〉とセットになって初めて世界の危機たりうるのだ。

一時はどうなることかと思ったが、終わってみれば案外ショボい案件だったな。たぶん、この世界に来てからまだ半年も経っていないはずだ。これまでの記録をぶち破る、圧倒的最短記録だ。俺はもう一度、青い珠をじっと見つめた。……もうあの世界に戻るのか。

いいじゃないか。失踪期間は短いほうがいいに決まってる。

俺は右手にナイフ大の〈光の槍〉を出現させた。さっさとこいつを壊して終わらせよう。

だけど、もしこれを壊さなければどうなるんだ？

そんな思いが頭をよぎる。この青い珠が世界の危機だというのなら、こいつを壊さなければここにとどまれるんじゃなかろうか？　近いことをしたことはある。仲間たちに別れの挨拶を済ませため、〈魔王〉に止めを刺すのを後回しにしたり、とか。もちろん、余裕があるときに限っての話だ。だが、ずっととどまることなんてことはできるのだろうか？　そもそも、世界の危機を放置すればこの世界は――

……いやいや、これは悪魔の誘惑だ。俺の良心はさっさとこいつを壊せとせかしてくる。お前はこんな世界と心中するつもりか？　だいたい、あくまで『勇者として戦う』と俺はあの娘に誓ったじゃないか。つまらないことを考えるな。あの娘が悲しむぞ。さぁ、早く世界を救って帰還しよう。

同時に、疑念もわく。本当にこれで人類は救われるんだろうか。

確かに、これでしばらくは安全になるかもしれない。だが、オークどもはこんなものがなくても、その気になればいつでもこの壁をぶち破って人類を滅ぼせるはずだ。奴らがそれをしないのは、要するに面倒だからにすぎない。こいつを壊したところで、危機の先延ばしにしかならないんじゃなかろうか。

本当に大丈夫なのか？　奴らに問いかけてみても、何も答えは返ってこない。……まぁ、いつものことだ。

俺の心の別な一面が囁く。だが、もしこの世界によりよい未来を用意できるとすればどうだろう？　お前が立てていた計画どおりにオークと講和を結ぶことができれば、今よりずっと平和な世界になるぞ。なにより、この世界に残ればお前はずっと戦っていられるじゃないか。

おい。もっともらしいことを言っているが、最後に本音が漏れてるぞ。しかも矛盾してやがる。

不意に、以前メグに言われた言葉が脳裏をよぎる。

〝勇者様だって自由に生きればいいじゃないですか〟

〈黒犬〉の方を見やると、奴は両手を上げたまま、不屈の闘志を秘めた眼で俺を睨みつけていた。

……諦めたら、そこで終わりだ。諦めなかった奴だけが、自由を手に入れられる。なるほど、そのとおりだ。まずは試してみようじゃないか。諦めるのはその後だ。

俺は青い珠をポケットに押し込み、守備兵たちに命じた。

「そいつを拘束しろ。いいか、絶対に殺すな」

俺の頭上で、何者かがざわざわと騒ぐのを感じた。奴らがこんな反応をするのは初めてだ。

大変にいい気分だった。

*

オークの襲撃から一夜が明けた。

俺はあくびをしようとして、顔面に走った痛みに顔をしかめた。しかめたせいでまた顔が痛んだ。〈黒犬〉の反撃で顔に火傷《やけど》を負っていたのをすっかり忘れていたのだ。要塞付の医僧によれば、多少の跡が残るかもしれないとのことだった。同時に、左腕の傷もズキズキと疼《うず》きだす。まったく、昨夜は本当に危ないところだった。闇雲に振り回した左腕が、たまたま〈黒犬〉のナイフを防いでいなければ、今頃俺は死んでいたかもしれない。

俺は服を着替えると、顔に医僧から渡されたベタベタの軟膏《なんこう》を塗って部屋を出た。仮眠明けの眠たい目で空を見上げると、ヴェラルゴンが白い翼を悠然と広げて頭上を過ぎていくところだった。

乗り手もなしに解き放たれた竜が、竜舎に向かって降下していく。ヴェラルゴンの口元が赤く染まっているのが地上からでも見て取れた。ずいぶん大暴れしてきたらしい。なんでも、銃声で目を覚ましたヴェラルゴンが竜舎の中で暴れだし、手に負えなくなったのでやむなく空が白み始めると同時に解き放ったという話だった。大方、オークの血の匂いを嗅ぎつけて、いてもたってもいられなくなったのだろう。

俺はあくびを噛み殺しながらエベルトのところへ向かった。現在の状況を確認するためだ。まぁ、仮眠に入ったままこんなに日が高くなるまで放置されていたのだから、たぶん新しい問題は起きていないはずだ。

俺をこの世界に送り込んだ何者かたちも、今は静かになっていた。気配がなくなったわけではない。俺がどうするつもりなのか、見極めようとしているのかもしれない。なに、悪いようにはしないさ。十二の世界を救った勇者を信じてくれよ。

エベルトは〈門塔〉の前で、兵士たちの報告を受けているところだった。

「おぉ、勇者様！　ちょうどよいところに。谷に送り出した偵察隊が戻ってきたのです」

「何か分かりましたか？」

「えぇ、どうやら私はすっかりオークどもの策にはまってしまっていたようですな」

聞けば、谷底の松明はやはり俺たちの注意を引くための囮だったようだ。クチバシ犬の奇襲部隊が退却した後も、谷底の軍勢には相変わらず動きがない。確認のため夜明けを待って偵察隊を送り込んだところ、大量の松明だけが発見されたという。足跡の様子から、少人数で松明に火をつけて回り大軍がいるように見せかけていたらしい。古典的な手だが効果は十分だった。

「奴らの真の狙いを見抜くとは、さすがは勇者様ですな」

「自由に動くことを許していただいたおかげです。完全に策を見抜けていたわけではありませんが、どうせ余っている身ならと最悪に備えたのがうまく働いたようです」

「おかげで救われました。しかし、あの攻撃は、明らかに〈大魔法陣の間〉に狙いを定めたものでした。いったい、奴らはどうしてあの場所を知ることができたのか……」

「そうですね。まずは奴らの情報の出所を確かめなくてはいけません。村への伝令は送ってくれましたか？」

「はい。まもなく護衛とともにこちらに着くころでしょう」

その時、竜舎の方で騒ぎが起こった。竜の咆哮。人間の悲鳴。それに続く号令の数々。

あぁ！　しまった！　何が起こったかを察した俺は、竜舎に向けて全力で駆けだした。

〈竜の顎門〉の竜舎は、〈門塔〉の広場を出てすぐ、村へ続く道の途上にある。

その竜舎の前で、一匹の白竜が翼を大きく広げて威嚇の声を上げていた。周囲では竜飼いたちがロープを手にヴェラルゴンを取り押さえようとしていたが、ヴェラルゴンは投擲されたロープをいとも容易く振り払う。荒れ狂う白竜の視線の先には、十名ほどの守備兵が小さな陣を組み、必死の形相で槍を構えていた。その兵士たちの背後で、ジョージが花子をかばうようにうずくまっている。

ヴェラルゴンが、さっさとどけと言わんばかりに兵士たちに向けてもう一吼えした。これは相当苛立っているな。

しかし、あのヴェラルゴンに吼えられても怯まないとは、さすがは人類の防人《さきもり》たちだ。昨晩の戦いぶりといい、非常によく訓練されている。

おっと、感心している場合じゃない。早く助けてやらないと。ヴェラルゴンの火炎袋が空っぽになっているらしいのが幸いだった。さもなければ全員まとめて焼き殺されていたかもしれない。

「おい！　ヴェラルゴン！　止まれ！」

俺はヴェラルゴンに声をかけながら近寄った。早いとこ、あいつを落ち着かせなくては。最悪、背中に跨がって制御権を確保し、竜舎の中に押し込んでやろう。そんなことを考えながら近づいた俺に、尻尾の一撃が飛んできた。

とっさにかがんだすぐ上を、ブォンという低い唸りとともにヴェラルゴンの太い尾がかすめていく。おっと、本気だ。こんな対応を受けたのは初めて乗ろうとしたとき以来だ。

コイツがこんなに怒り狂っている原因は、おそらく花子だろう。ブンブン尻尾を振って俺の接近を防ぎつつも、奴は花子から決して視線を外さない。ヴェラルゴンはオークをそれは強く憎んでいる。あの賢い竜は、オークに殺されたかつての自分の乗り手のことを今でも忘れていないのだ。できれば今の乗り手のことも忘れないでほしい。

俺はどうにか尻尾をかいくぐりながらヴェラルゴンの鞍のない背にしがみついた。そのとたん、ヴェラルゴンの感情がどっと流れ込んでくる。俺はそれに抗《あらが》うのにほとんどすべての精神力をつぎ込まなければならなかった。そのうえヴェラルゴンは俺の制御に逆らって、頑としてこの場から動こうとしない。とてもじゃないがコイツを竜舎に押し込むどころじゃない。

「おい！　俺が押さえている間に、花子をさっさと連れていけ！」

俺は必死で竜を押さえながら、ようやく叫び声を捻り出した。ジョージがコクコクとうなずき、花子を立ち上がらせた。それから、護衛の守備兵たちと一緒に、おそるおそるヴェラルゴンの足元をすり抜けていく。

どうどうどう。ほら、もうオークはいないから落ち着け。な？

花子たちが視界から消え、ようやくヴェラルゴンも落ち着きを取り戻した。渋々といった様子で抵抗をやめ、俺に制御権を引き渡す。

俺はホッと一息ついた。とはいえ、相変わらずオークへの憎悪がグルグルと渦巻いている。おまけに邪魔をした俺に対しても相当の苛立ちを感じているらしい。

ヴェラルゴンの視界が、周囲をぐるりと見まわす。その視線に気圧《けお》されて、ヴェラルゴンを取り囲んでいた竜飼いたちが二、三歩後ずさるのが見えた。

「か、閣下、申し訳ありませんが、もうしばらくの間そうしておいていただけないでしょうか……」

あぁ、うん、分かってる。このままこいつを彼らに引き渡すのはさすがにかわいそうだ。

「分かりました。少し飛んできます。牛を何頭か用意しておいてください」

「了解しました」

それから俺は、ヴェラルゴンを〈竜の顎門〉から少し離れた所に連れていき、そこでしばらく自由に飛行させた。ヴェラルゴンは、ストレスを振り払おうと散々にアクロバティックな飛行をしてくれた。鞍なしでそれに付き合うのは本当に命がけだった。

竜舎に戻れば、竜飼いたちがたっぷりの生肉を用意して待っているはずだ。そいつを食べて機嫌が戻ってくれればいいんだが……。

食事を終えたヴェラルゴンを竜舎に預けた俺は、〈竜の顎門〉の主塔へ足を向けた。それにしても本当にひどい目にあった。両手の感覚がない。寒空の上で、切り裂くような冷風に耐えながら、ヴェラルゴンにしがみつき続けたせいだ。幸い凍傷にはならなかったようだ。両手にニギニギと力を籠めると、ゆっくりと指が動いた。左腕の痛みがさっきよりもひどくなっている気がする。ちくしょう、怪我人に無茶させやがって。後でもう一度医僧に見てもらおう。

炉の前に座り込みたいという誘惑に耐え、地下へと向かう。地下牢の手前で、ジョージと花子が、二人の兵士とともに俺を待っていた。俺はジョージたちにねぎらいの言葉をかけた。

「お待たせしました。怖い思いをさせてしまいましたね。大丈夫でしたか？」

「はい、閣下。お助けいただきありがとうございます」

そう言ってジョージは花子とともに俺に頭を下げた。

「今花子を失うわけにはいきませんから、当然ですよ。ジョージもよく花子を守ってくれました」

ヴェラルゴンに睨まれてもなお、ジョージは花子をかばい続けていた。あの勇気は称賛に値する。頼りないように見えても、さすがは大盟主の子というわけだ。スレットと同じ血が流れているだけのことはある。

「ところで、辞書と石板は忘れずに持ってきてくれましたか？」

「はい、閣下。こちらに」

そう言ってジョージは辞書を差し出してきた。石板とチョークは花子が小脇に抱えている。

「よろしい。では行きますか」

地下牢の扉を守っている番兵が、無骨なカギを差し込んで扉を開ける。俺たち全員が入ると、背後で扉が閉まり、再び施錠する音が響いた。

「それで、〈黒犬〉はどこに?」

「一番奥の独房に繋いであります。ついてきてください」

そう言って前に出た兵士に続き、地下牢の奥へと向かう。

「こちらです」

一番奥の扉の前には、さらに二名の番兵が待機していた。ずいぶんと厳重なことだ。まぁ、こいつに万が一のことがあれば俺も困る。

兵士の一人が、小さな覗き窓を開けて内部を確認し、それから小ぶりなカギを取り出して扉を開けた。〈黒犬〉は奥の壁に両手を上げるようにして鎖で繋がれていた。俺が独房に入ってくるのを見て、その眼がギラリと光った。捕まったときと同じ、不屈の闘志を湛《たた》えた目だ。コイツはまだ挫《くじ》けていないらしい。

だが、すぐにその眼がさらに鋭くなった。心なしか、怒っているように見える。いったい何事だ? コイツを怒らせるようなことは、まだ何もしていないはずだが。

俺が振り返ると、俺に続いてジョージが花子を連れて部屋に入ってくるところだった。

なるほど。そういうことか。うら若い乙女——かどうかは知らないがたぶんそうだ——が、首輪で繋がれた状態で連れてこられれば、正義感の強い者なら当然怒りも覚えよう。

ジョージの背後で、扉が閉まる。続いてガチャリとカギをかける音。

「ジョージ、花子の首輪を外してください」

「はい、閣下」

さて、ここからが本番だ。とうとう、これまでの訓練の成果を試すときが来たのだ。

基本的な手順はもう決めてある。俺の言葉を、花子が翻訳してオークに伝える。オークの言葉を花子がオーク語で石板に書き、俺はそれを辞書を頼りに翻訳する。花子には人間の文字を教えていない。辞書の中身も、なるべく花子には見せないようにしてきた。これは、万が一花子を奪還された際に、オーク側に渡る人間の情報を最小限にするためだ。

訓練で教えたのも、俺の言葉だけだ。通訳として俺とともにオークと接触することになる花子には、常に奪還や逃亡の恐れが付きまとう。

もっとも、無駄な努力ではあるかもしれなかった。ジョージたちの日常会話を聞いて、この世界の言葉をある程度覚えてしまっている可能性は高い。花子は賢いのだ。それに、オークは捕まえた人間をむごたらしく殺すとされているが、それが本当かは誰も知らない。花子は捕まった人間など見たことがないとは言っていたが、こっそりと捕虜をとって人間語を研究したオークがいないとも限らない。その場合、花子を隠しても無駄だ。もっとも、オークたちから人間に対して接触があったという話は、今のところ聞いていていない。

話がそれた。俺はこれから〈黒犬〉を尋問するのだ。いよいよ、オーク文明との本格的な接触の時が来たのだ。

花子が一歩前に出て、〈黒犬〉に向かって一礼した。さぁ、始めようか。

そう思って口を開きかけた瞬間、〈黒犬〉が前のめりになって花子に向かって何か鼻を鳴らした。それを聞いた花子の目が大きく見開かれた。おや？　知り合いだったのか？

ブヒブヒと力なく答えた花子に向かって、〈黒犬〉が非難めいた調子で鼻を鳴らす。ずいぶんと激しい。二、三の短いやり取りの後、花子はその場にゆっくりと崩れ落ちて、おいおいと泣き始めてしまった（たぶん）。ジョージがすかさず花子のそばに膝をつき、トントンとあやすようにして慰め始めたが、一向に泣き止《や》む気配がない。花子がこれじゃ仕事にならない。

おい〈黒犬〉、いったいどうしてくれるんだ。

〈黒犬〉と目が合った。彼は俺の非難の視線を受けて、気まずそうに目をそらした。あーやっちまった、とでも言いたげな表情だ。

許さんぞお前。

＊

――〈竜の顎門〉、独房にて

　襲撃の失敗からどれほどの時が経ったのだろうか？

　そう長くは経っていないはずだ、と〈黒犬〉は考えた。おそらく、そろそろ日が昇りきる頃合いではなかろうか。確かめようにも、〈黒犬〉の独房には窓の類が一切なかった。

　鎖に繋がれたまま、〈黒犬〉はまた昨晩の戦いを振り返っていた。何度振り返ったところで、完敗というほかはなかった。作戦開始当初は何もかもがうまくいっているように見えていたのだ。敵は〈黒犬〉が仕掛けた策にはまり、囮の奇襲部隊に向けて戦力を集中していた。だが、おそらくそれ自体が敵の罠《わな》だったのだ。敵はこちらの策を見破り、そのうえであの塔の中に〈黒犬〉たちを誘い込むため、あえて策にひっかかったように見せかけていたに違いなかった。

〈魔王〉があそこで待ち構えていたのがその証左だ。さもなければ、最大戦力であるはずのあいつを、あんなところで遊ばせておくはずがない。

　殺された戦友や、狼鷲のことを思うと〈黒犬〉ははらわたが煮えくり返るようだった。敵に対してではない。うかうかと敵の罠にはまった、己の迂闊《うかつ》さに腹が立つのだった。

　だが、敗北を認めはしても、それは〈黒犬〉にとって諦めることと同義ではなかった。生きている間はチャンスがある。幸いにも、人間どもは〈黒犬〉を生かしておきたいらしい。なぜかは分からない。〈黒犬〉は〈魔王〉が自分を生け捕ろうとしていると、戦っているときから気づいていた。奴に一矢報いてやることができたのも、それを逆手に取ればこそだった。〈黒犬〉は必ず機が巡ってくると自分に言い聞かせながら、その時を待っていた。次は必ず勝ってみせる。だが、この状況で絶望にのまれずにいるのは、さすがの〈黒犬〉にとっても大変な精神力を必要とする難事だった。

不意に、遠くで扉が重々しく開閉する音が響いた。続いて複数の足音が、幾重にも反響しながら近づいてくる。〈黒犬〉は鎖に繋がれたまま、内心で身構えた。

扉を開けて姿を現したのは予想どおりというべきか、〈魔王〉その人だった。顔面に火傷と銃創を負っている。昨晩の戦いで〈黒犬〉が負わせたものだ。その小さな勝利の痕跡に、〈黒犬〉は少しだけ溜飲《りゅういん》を下げた。

続いて小柄な人間が一人。その手に握られた鎖の先に、年若い女性が繋がれているのが目に入った。この寒い中、靴も与えられず、ただ薄い粗末な服だけを着せられていた。

何たる仕打ちか！〈黒犬〉はここに来て初めて、人間に対し怒りを感じた。奴らはこの乙女をどうするつもりなのであろうか？

目の前で仲間を痛めつけて見せる尋問法があることを〈黒犬〉は知っていた。それが、時として当人を痛めつけるよりずっと効果があるということも。〈黒犬〉はこれから始まるであろうことを想像し、怖れた。怖れながらも、彼は〈魔王〉を怒りのこもった目で睨みつけた。

するとと意外なことに、〈魔王〉の顔に戸惑いらしきものが浮かんだ。〈魔王〉は〈黒犬〉の怒りの原因にすぐに気づいたようだった。彼は、背後の扉が閉まると同時に、小柄な人間に命じて女性の首輪を外させた。その時に女性が見せた仕草は、〈黒犬〉にとって少々意外なものだった。彼女は不安そうな様子を見せることなく、彼らにされるがままに顎を上げて喉をさらした。この人間たちをそれなりに信頼しているらしい。よくよく見れば、彼女は血色もよく、傷つけられた様子もない。思いのほか、真っ当に扱われているらしいことが窺われた。

同時に、どこかで見たことがある顔だ、と〈黒犬〉は思った。彼女は一歩前に出ると、〈黒犬〉に向かって一礼した。貴人向けの優雅な礼だった。それを見た瞬間、〈黒犬〉は彼女が何者であったかを思い出した。この女は確か、辺境伯の第二令嬢に仕えていた侍女ではなかったか！

〈黒犬〉が思わず身を乗り出して問うと、彼女は消え入りそうな声でそれを肯定した。なんということだ！　彼女が生きているということは、第二令嬢も生きている可能性があるということだ。

朗報だった。これを聞けば、辺境伯も大いに喜んでくれるに違いなかった。病すら吹き飛ばせるかもしれない。〈黒犬〉は状況も忘れて矢継ぎ早に質問を浴びせた。

姫様は、今どこにおられるのか。

分かりません。
生きておられるのか。
分かりません。
最後に会ったのはいつか。
もう三年以上前です。捕まってすぐに別れ別れになりました。
どこで別れたのか。
奴隷市場です。
お前はどうして一緒にいなかったのか！　なぜ人間に協力している！　恥を知れ！

〈黒犬〉の非難の言葉に、侍女はとうとう泣き崩れてしまった。泣き崩れる侍女に小柄な人間が寄り添い、何か慰めの言葉のようなものをかけ始めた。女のか細い泣き声を聞いて、〈黒犬〉はすぐに冷静さを取り戻した。このような状況下で、か弱い女にいったい何ができようか。様々な困難に耐え、生き延びようと必死で足掻《あが》いてきたに違いない。何のことはない、今の自分と何も変わらないのだ。そんな彼女に、自分はなんと酷な言葉を浴びせてしまったのだろうか。これではどちらが悪か分からないではないか。
鎖に繋がれたまま気まずい思いをしていると、〈魔王〉と目が合った。そいつは、あきれたような目で〈黒犬〉を見下ろしていた。

〈黒犬〉はその視線に耐えきれず、そっと目をそらした。

＊

花子が落ち着くまでにしばらく時間がかかった。花子を介さず文字だけでやり取りすることも考えたが、結局彼女を待つことにした。俺が把握できるのは辞書に載っている単語だけだ。文法についてはほとんど理解できていない。だから、読むほうは推測でなんとかなっても、文章を書くとなるとさっぱりなのだ。このあたりは賢者様が到着してからの課題だな。

文字を書かせるために〈黒犬〉の鎖を解くのにも抵抗があった。臆病と言うなかれ。手加減していたからとはいえ、勇者たる俺をあれだけ追い詰めてのけたのだ。それに万が一自決でもされたら大変だしな。

ようやく花子が落ち着いたころには、地下牢の扉を開けたときの緊迫した空気がすっかり霧散していた。

「昨夜の、襲撃の、目的は、何か」

俺は単語を一つずつ区切りながら尋ねた。花子は指を折って数えながらそれを聞いていた。分からなかったり聞き取れなかった言葉があれば、その番号を俺に伝えることになっている。

花子はこちらを見上げて指を二本立てた。〝襲撃〟が分からなかったらしい。語学レッスンの成果か日常会話はある程度通じる。だが普段使わない言葉の学習はまだあまり進んでいない。俺は賢者様の辞書から〝襲撃〟を探し出し、対応するオーク語を花子の持つ石板にチョークで書き込んだ。

納得したらしい花子が、ブヒブヒと鼻を鳴らしてそれを〈黒犬〉に伝えた。こちらの質問に〈黒犬〉が短く答えた。それをまた花子が石板に書き込んでこちらに見せる。答えが短いのはありがたかった。辞書を引くだけでも大変なのに、もし単語がずらずらと並んでいたら、文章を解釈するのにずいぶん時間がかかってしまう。

今回読み取れたのは、『壁』、『壊す』。壁というのは、おそらく〈竜の顎門〉のことだろう。彼らはこの要塞を壊しに来ていたらしい。だが、いったいどうやって？

「どうやって、壊す？」

俺の言葉を花子が〈黒犬〉に伝え、〈黒犬〉の言葉を花子が、ええい！　面倒だ！　ここには結果だけ残すとしよう。

Q．どうやって壁を壊すつもりだったのか？

A．青い宝玉を光る部屋の中心の窪《くぼ》みに入れれば崩壊すると聞いている。

青い宝玉とやらは、昨夜こいつの物入れから零《こぼ》れ落ちたあれのことだろうか。

Q．宝玉というのはこれか？

A．そうだ。

やっぱりこれか。だが、出所はどこだ？

Q．この宝玉はどこで手に入れたのか？

A．学者たちが遺跡で手に入れたと聞いている。詳しいことは知らない。

Q．〈大魔法陣の間〉への侵入方法をどこで知った。

A．学者たちが遺跡で見つけたという書物から。詳しいことは知らない。

なるほど、奴らは遺跡で〈竜の顎門〉の内部構造に関する情報と、破壊手段を手に入れたと。そんな都合のいいことが本当にあるのだろうか？　いや、逆か。奴らがそれを見つけたから俺が送り込まれたのだ。

それに、彼の言い分を裏付けるものもある。彼の鞄《かばん》から出てきた見取り図には、オーク語のほかに何ヵ所か古代文字が書き込まれていたのだ。大本の古文書からそのまま写し取ったものであろうというのが、それを見せた際のウォリオンの見解だった。過去にはリーゲル殿が古代人の都から、〈竜の顎門〉の魔法陣に関わる書物を持ち帰っている。ほかにも史料や遺物が残っていてもおかしくはない。

〈黒犬〉の目をじっと覗き込んでみる。嘘をついているようには見えないが、正直に答えているという確信も持てなかった。

俺は大きく息を吐くと、天井を見上げた。もうクタクタだ。こうして文章にすれば大したことのない、短いやり取りに見えるだろう。だが、いまだに慣れないオーク文字と格闘しながら、たったこれだけのことを半日かけて聞きだしたのだ。疲れているのは俺だけじゃない。花子も〈黒犬〉も、冗長なやり取りにうんざりしている様子だ。

どのみち、真偽を確かめる手段はない。これ以上詳しいことを聞きだすには、賢者様にいろいろ教わった後のほうが効率的だろう。今回はここまでだな。できれば、こいつとは友好的にお別れしたいものだ。

俺は独房の扉を叩き、外にいる番兵たちに合図した。番兵の一人が覗き窓から中の様子を確認した後、ガチャリと大きな音を立ててカギを開けた。俺たちが出ると、再び重々しい音とともに扉は施錠された。地下牢の外扉でも同じ手順を繰り返す。

外に出ると、すっかり日が傾いていた。大きく深呼吸。冷えきった新鮮な空気が肺に染みる。

地下牢の空気は淀《よど》んでいて、あまり健康的とは言えない。アイツにもこの空気を吸わせてやりたいものだが、もう少し我慢してもらわないとな。


翌朝、俺は激しく扉が叩かれる音で目を覚ました。大急ぎで着替えて部屋のドアを開けると、エベルトが真っ青な顔をして部屋の前に立っていた。道理でノックの音が大きいわけだ。わざわざ守備隊長自らが出向いてきたらしい。

「大変申し訳ありません」

彼は開口一番、床につかんばかりに頭を下げた。

「いったいどうしたんですか？」

「〈黒犬〉に、逃げられました」

俺は精一杯驚いて見せる。

「あの地下牢からですか⁉　どうやって！」

「それがまったく分からぬのです。警備についていた兵たちは全員気絶させられておりました。自分たちがなぜ気絶していたのかすら分からぬありさまで。カギは奪われ、〈黒犬〉の独房は空になっておりました」

なんということだ。さすが〈黒犬〉、並のオークにはできないことを平然とやってのける。

「番兵には最も優秀な者たちを充てていたのですが、こうもあっさり牢を破られてしまうとは。苦労して奴を生け捕られた勇者様には、お詫《わ》びのしようもございません」

そう言って、彼は痛々しそうに俺の顔を見た。火傷のおかげでひげも剃《そ》れないうえに、軟膏でベタベタだ。みっともないからあまり見つめないでほしい。

「閣下に非はありません。あれだけの警備を突破されるというのは、誰にとっても想定外でしょう。本当に〈黒犬〉というのは恐ろしい奴ですね」

慰めの言葉もエベルトには何の効果もないようだった。彼の拳が悔しそうに握り締められた。

「ところで、〈黒犬〉を捕らえていたことを、王都には報告していましたか？」

「いえ、まだあれが〈黒犬〉とは確定しておりませんでしたので。王都にはただ『敵の撃退に成功した』とだけ報告しています」

「分かりました。それなら、この件は王都に報告する必要はありませんね」

俺の言葉に、エベルトは信じられないという顔をした。

「そのようなわけにはまいりませぬ！　それでは勇者様の功績が最初からなかったことになってし

まいます！　このたびの失敗の責は、きっちりとこの私が負いますのでどうか――」

「手柄なら〈大魔法陣の間〉の防衛だけで十分ですよ。それに、私はいずれこの世界から立ち去る身。領地や財産に興味はありません」

そう言いながら、俺は彼の肩に手を置いた。

「それよりも私に必要なのは、心強い味方です。それこそが世界を救うために、なにより必要なものなのです。警備には一番優秀な兵士たちがあたっていたのでしょう？　王都に報告すれば、彼らに重い処分を科さざるを得なくなります。それは損失です。私の望むところではありません。もちろん、貴方についてもです」

エベルトが感動で打ち震えていた。

「なんというありがたいお言葉……！　このご恩、決して忘れませぬぞ！」

「はい、よろしくお願いします。あなたの武勇を必要とする日がきっと来るでしょうから」

俺たちは、固い握手を交わした。

俺の背後では、何者かが気配だけで大騒ぎをしていた。昨晩からずっとこの調子だ。うるさいったらありゃしない。

だが、一つ分かったことがある。こいつらの力は、思っていたよりもずっと弱い。強制送還や勇者の力の取り上げも覚悟していたのだ。だが、今のところ何も起きてはいない。

＊

〈黒犬〉は荒野を一人、杖《つえ》代わりの木の枝にすがりながら足を引きずるようにして進んでいた。何しろ一昨日の襲撃作戦以降、彼は一睡もしていなかった。そのうえ、地下牢でわずかに水を与えられた以外は、何も口にしていない。疲労と飢え、そして渇きによって、彼の体はすでに限界を迎えつつあった。この場に倒れ伏して、眠ってしまいたかった。だが、それをしてしまえば二度と立ち上がれないだろう。

彼はせめてもの休息として、杖にもたれたまま立ち止まった。そして何とはなしに振り返る。背後には巨大な山脈が壁のように聳《そび》え立ち、その中腹から、〈壁〉に刻まれた巨大な水龍が平野を睨み下ろしていた。谷を封鎖していたころに見飽きるほどに眺めた景色だったが、今の〈黒犬〉の目にはなんとも非現実的に映った。こうして生きているのが不思議でならなかった。不諦の決意を固めて機会を窺い続けてはいたが、心の奥底ではもはや生きては帰れぬものと覚悟していたのだ。二度と見ることはかなわないと思っていたこの景色を、こうもあっさり目にすることができるとは。

彼の脱走を手引きしたのは、誰あろう〈魔王〉その人だった。尋問が行われたその日の深夜、再びあの人間が姿を現し、〈黒犬〉をあの湿った地下牢から連れ出したのだった。地上へ向かう間には、番兵たちが点々と倒れ伏していた。つまり、〈黒犬〉の釈放は奴の独断であるらしい。

別れ際、〈魔王〉はあの青い珠を投げて寄こすと、例の侍女を通じて〈黒犬〉に告げた。『逃がしてやる。だが、その珠は決して手放すな』、と。

それが何を意味するかは分からないが、そう告げた〈魔王〉の目からは、種族の壁を越えてその真剣さが伝わってきた。まったく不可解なことだった。こうも容易く釈放してしまうのなら、どうして奴はあんな大怪我を負ってまで〈黒犬〉の生け捕りにこだわったのだろうか？　あのわずかな尋問の間に、知りたい情報をすべて得たとでもいうのだろうか？　だが、大した情報は話していないはずだった。仮にあの中に重大な情報が含まれていたとしても、〈黒犬〉を手放す理由にはならないはずだ。〈壁〉を破壊しうるというあの宝玉を〈黒犬〉に渡したのも理解しがたいことだった。別れ際のあの真剣さを見るに、まったく価値のないガラクタであるとも思えない。〈黒犬〉はあれこれを頭を捻ってみたが、〈魔王〉の考えはまったく読めなかった。

人間の思惑がどうであれ、こうして釈放されたのは〈黒犬〉にとってやはり幸運であった。〈壁〉の破壊にこそ失敗したものの、彼はいくつか貴重な情報を得ていた。〈魔王〉について。通訳を務める元侍女の存在。そして、第二令嬢の行方。おかげでこれらの情報を伯都に持ち帰ることができる。特に、〈魔王〉や通訳の存在は今後の人間への対処に少なからぬ影響を与えるはずだ。もっとも、それについて考えるのは上層部の仕事だ。あのドラ息子はいったいどんな反応をするだろうか？

信用しない可能性が高いな、と〈黒犬〉は考えた。報告の内容そのものが、これまでの常識からすれば荒唐無稽なものだった。そのうえ、その報告者が〈黒犬〉なのだ。あの男が信用するはずがない。

だが、辺境伯はどうだろう？　第二令嬢に生存の可能性があるという知らせは、間違いなくあの老オークにとって朗報になるはずだ。なんとしてでもこのことを伝えねばならない。

〈黒犬〉が向き直った先には、荒涼たる北の大地が広がっていた。決意とともに前進を再開したものの、目指すべき伯都は遠く、遥かに見える丘の稜線《りょうせん》ですらどれだけ進もうとも一向に近づいてこなかった。一歩踏み出すごとに足は重くなり、歩みはますます遅くなっていく。

歩きながら、〈黒犬〉は先の戦闘で喪《うしな》った黒い狼鷲のことを思った。あの長年連れ添った愛鳥がここにいればどれだけ心強かったか。そして、どれだけ助かったことか。ここにきて、ようやく〈黒犬〉は喪失感に襲われ始めた。思えば、今度の戦いでは多くのものを失った。傭兵団旗揚げ以来の、長らく苦労と生死を分かち合ってきた戦友たちはもはや一人も残っていない。傭兵団の部下たちも、生き残っていればすでに伯都へ撤退しているはずだ。〈黒犬〉は、自分が戻らなかった場合には速やかに撤退するよう事前に指示を出していた。狼鷲兵の持つ騎兵銃は射程が短く、竜に襲われればこれに対抗する術がない。速やかに竜の飛行範囲から離脱しなければ危険なのだ。装備もすべて人間に取り上げられ、〈黒犬〉はまさに身一つでこの荒野に放り出されていた。彼は今やすべてを失い、独りだった。

手元に残っているのはこの体と命だけ。それすらも、彼の手から零れ落ちようとしていた。今や北の開拓地は広大な無人地帯と化しており、最寄りの集落ですら徒歩では何日もかかる。このボロボロの体で、水も食料もなしに走破するのは事実上不可能だ。それを理解してなお、彼は歩き続けた。

そんな彼の心を、たった一つの小石が砕いた。

その何の変哲もない石は偶然にも〈黒犬〉の足裏に潜り込み、ほんの少しだけその体を傾けさせた。それで十分だった。すでに疲労の極みに達していた彼の体は、その微かな傾きすら立て直すことができずに倒れこんだ。〈黒犬〉はすぐに立ち上がろうとしたが、腕にまったく力が入らなかった。それどころかもはや指一本すら動かせなくなっていることに気づき、彼は愕然《がくぜん》とした。そして、とうとう自分にも終わりの時が来たことを悟った。〈黒犬〉はうつ伏せに身を投げ出したまま、目を閉じて大きく息を吸い込んだ。土の匂いが胸一杯に広がり、少しだけ心が安らいだ。

どこからか、呼び子の音が聞こえたような気がした。聞き慣れた音だった。狼鷲兵が味方への連絡に使う笛の音だ。むろん、このあたりに味方などいるはずがない。だからそれは幻聴に違いなかった。先に戦死した仲間たちが迎えに来てくれたのかもしれない。〈黒犬〉はそんなことを考えながら、今度はゆっくりと息を吐いた。

地面に押し当てた耳に、狼鷲の爪音が響いてきた。それはあっという間に近づいてきて、〈黒犬〉のすぐそばで止まった。とうとう迎えが着いたようだ。いったい誰が来てくれたのだろうか？

それを確かめるべく、〈黒犬〉はゆっくりと目を開けた。

そこに死者はいなかった。いたのは、ひょろりと長い顔をした一匹のオーク。そこにいるはずのない顔だった。作戦開始を前に、本隊の指揮を任せた部下であった。

『なんだ、お前も死んだのか』

〈黒犬〉は失望した。こいつは慎重で抜け目のないオークだった。それが先に死んでいるということは、本隊も何らかの理由で壊滅的な被害を受けたに違いなかった。

『何を言ってるんですか。このとおりピンピンしていますよ』

そう言うと、ひょろりとしたオークは一緒にするなと言わんばかりに鼻を鳴らした。

〈黒犬〉が状況を理解するまでに、しばしの時間が必要だった。

『……お前、生きているのか』

『ええ、ご覧のとおり』

答えながらその男は〈黒犬〉を仰向けに転がして上半身を起こすと、目の前で水筒を振って見せた。金属製の容器の中で、チャプチャプという心地よい音が響いた。

『飲みますか?』

〈黒犬〉は答えも返さずにそれを摑むと、一気に飲み干した。先ほどは指一本動かせなかったというのに、身体というのはまったく不思議にできている。

一息ついてから〈黒犬〉は問うた。

『どうしてこんな所にいる。速やかに離脱するよう命令しておいたはずだ』

ひょろりとしたオークは肩をすくめた。

『大将がそう簡単にくたばるはずないですからね。大方、狼鷲を撃たれて難儀してるんだろうとあたりを付けて探し回ってたんですが、ご迷惑でしたか?』

『命令はどうした』

『それについちゃ申し訳ないとは思いますがね。でもまあどのみち、大将抜きでこの稼業を続ける気にもなりませんのでね。少々リスクを取らせてもらいました。竜に見つからんようちゃんと森の中でコソコソやってたんで大丈夫です。大将こそ何やってるんですか。あんなに堂々と平地を歩いてちゃいい的ですよ』

〈黒犬〉は返す言葉もなかった。

『まあ、ともかく無事でなによりです。もうじき残りの連中も集まってきます。見てください』

そう言って彼は周囲を指し示した。その言葉どおり、どこに潜んでいたのか次々と狼鷲兵が姿を現し、こちらへ駆け寄ってきた。皆、〈黒犬〉を認めると一様に歓声を上げ、牙を震わせながらその無事を喜んだ。

『大将さえ生きてりゃ、後は何とでもなります。次は勝ちましょう』

そう言って彼は〈黒犬〉を鞍に押し上げた。狼鷲は主人以外が乗ってきたことに抗議の唸りを上げたが、ひょろりとしたオークがクチバシを撫でると、不承不承といった様子で唸りを止めた。続けてそのオークがひらりと飛び乗ると、その重みにもう一度唸りを上げた。

『じゃ、さっさとずらかることにしましょうか』

いつの間にか、〈黒犬〉は大勢の狼鷲兵に取り囲まれていた。部隊の集結が完了したようだった。作戦の直前と比べればずいぶん数を減らしてはいたが、〈黒犬〉を囲む兵士たちの顔は明るかった。それもそのはず、彼らはようやく頼みとしていた自らの主人を再び見つけ出したのだ。彼らは〈黒犬〉の指示を待っていた。

〈黒犬〉はようやく、もう自分が一人ではないことを自覚した。彼は最後の気力を奮い立たせると、精一杯の大声で叫んだ。

『よろしい、では引き上げだ！』

『応！』

〈黒犬〉の一隊は一斉に駆けだした。目指すは南。伯都に新たな情報をもたらすために。

ずくなしひまたろう

1983年、長野県松本市生まれ。高専を卒業の後、上京。アスキーアートを用いた二次創作をきっかけに創作活動に目覚め、2018年2月より「小説家になろう」に小説の投稿を開始する。本作でデビュー。

レジェンドノベルス
LEGEND NOVELS

白《しろ》の魔《ま》王《おう》と黒《くろ》の英《えい》雄《ゆう》 2

2020年1月6日　第1刷発行

［著者］ ずくなしひまたろう
［装画］ タカヤマトシアキ
［装幀］ 坂野公一（welle design）

［発行者］ 渡瀬昌彦
［発行所］ 株式会社 講談社
〒112-8001 東京都文京区音羽2-12-21
電話 ［出版］03-5395-3433
［販売］03-5395-5817
［業務］03-5395-3615

［本文データ制作］ 講談社デジタル製作
［印刷所］ 凸版印刷 株式会社
［製本所］ 株式会社 若林製本工場

N.D.C.913 255p 20cm ISBN 978-4-06-518570-4